NİLGÜ

*Yanlışlıktan Değil
Yalnızlıktan*

DESTEK
yayınları

DESTEK YAYINLARI: 1114
ANLATI: 4

NİLGÜN BODUR / YANLIŞLIKTAN DEĞİL YALNIZLIKTAN

Her hakkı saklıdır. Bu eserin aynen ya da özet olarak hiçbir bölümü, yayınevinin yazılı izni alınmadan kullanılamaz.

İmtiyaz Sahibi: Yelda Cumalıoğlu
Genel Yayın Yönetmeni: Ertürk Akşun
Yayın Koordinatörü: Özlem Esmergül
Editör: Özlem Esmergül
Kapak Fotoğrafı: Nihat Odabaşı
Son Okuma: Devrim Yalkut
Kapak Tasarım: İlknur Muştu
Sayfa Düzeni: Işıl Ilgıt Şimşek
Sosyal Medya-Grafik: Tuğçe Budak - Mesud Topal

Destek Yayınları: 1. Baskı Mayıs 2019 (50.000 Adet)
Yayıncı Sertifika No. 13226

ISBN 978-605-311-596-0

© Destek Yayınları
Abdi İpekçi Caddesi No. 31/5 Nişantaşı/İstanbul
Tel. (0) 212 252 22 42 – Faks: (0) 212 252 22 43
www.destekdukkan.com – info@destekyayinlari.com
facebook.com/DestekYayinevi
twitter.com/destekyayinlari
instagram.com/destekyayinlari

Deniz Ofset – Nazlı Koçak
Sertifika No. 40200
Maltepe Mahallesi
Hastane Yolu Sokak No. 1/6
Zeytinburnu / İstanbul

NİLGÜN BODUR

Yanlışlıktan Değil Yalnızlıktan

Yazardan...

Bir şeyi çok iyi yaptığımız için hobimiz olmaz.
Hobimiz olduğu için çok iyi yapmaya başlarız.
Yazar olmak için yazmaya
Resim yapmak için çizmeye
Şarkıcı olmak için şarkı söylemeye
Balerin olmak için dans etmeye başlamamız yeterli...
En iyiler de bir yerden başladılar...
Sadece onlar hiç durmadılar.
"Yapamadın!" ve "Yapamazsın!" diyenleri duymadılar.
Başlamak için hiçbir zaman geç değil
Oysaki vazgeçmek için her zaman çok erken...

Yanlışlıktan değil, yalnızlıktan...

> Güneş yandığı için parlar...
> Işık vermek için yanmayı kabulleneceksin.
> Gece gündüze engel olabilir mi?
> Yanarken bir gün parlayacağını bileceksin.
> Kötü bir günü kötü bir hayat zannedemezsin.
> Kötüyü görmezsen, iyiyi fark edebilir misin?

Yanlışlıktan değil, yalnızlıktan...

Yanlışlıktan değil, yalnızlıktan...

Dışımıza baktığımız zamanın onda birini ruhumuza bakmak için kullansak; mutsuz olmadığımız gibi mutsuz da etmeyiz... Mutsuz insanlar, mutsuz eder çünkü. Mutlu insan kendisiyle oyalanır, mutsuz başkasıyla uğraşır. Diyetteyken düşen kan şekerim yüzünden sürekli kabadayı modunda dolanıp, ilk gördüğüme sataşmam gibi. Ver bakalım ağzıma bir lokma mozaik pasta, bulaşıyor muyum insanlara? Mutsuzluk varsa hayatta, bir başkasına aktarılmadan geçmez asla. Bulaşıcı hastalıkların en tehlikelisidir aslında mutsuzluk. Kurtulmaya çalışan evde de yatmaz. Sokağa çıkar, işe gider, trafikte nöbet tutar. İlk gördüğünün yüzüne öksürür; içinde ne varsa kusar. Dışınıza bakarken, içinize de bakın... Yüzünüzü botoksla gerdirirken, içinizi de lütfen rahat bırakın...

Herkes dünyayı değiştirmek istiyor
Ama kimse
Toprağı dar gelen bir çiçeğin saksısını bile değiştirmek istemiyor...
Çünkü biz böyleyiz...
Gözümüzü yükseğe dikip
Önümüzü görmeyiz.
Hadsizlik ata sporumuz.
Kendimizi şahin sanır ama karga gibi bok yeriz...
Belki dünyayı değiştiririz ama kendimizi asla geliştirmeyiz...

Tek bir şeyi iyi belleyin...

Arkandan konuşuluyorsa
Kesin öndesin...
Eğer ki bir gün susarlarsa
Demek ki artık önemsizsin...
Ama ikisi de çok fark etmez.
Bu dünya için her zaman bir hiçsin.
Unutma ki sadece kendin için her şeysin...

Hem bir "hiç" hem de "biricik" olabilmenin dengesini bulursak insanız... Kimse vazgeçilmez değil... Sadece kendinden vazgeçemezsin...

Hangi mesleği yaparsan yap
Hangi muhitte yaşarsan yaşa
Ne kadar kazanırsan kazan

Çevren ne kadar kalabalık olursa olsun
Fiziğin ne kadar güzel olursa olsun
Ne kadar başarıya imza atarsan at
Ne kadar övülürsen övül
Ne kadar zeki olursan ol
Yüreğini saf tutmayı başaramadıysan
Olmamışsın demektir...
Saflık aptallık değildir.
İnsanlığın en üst mertebesidir.
Saf yalana bile inanır.
Çünkü tertemizdir.
Değişmesi gereken onlar değildir.
Değişmesi gereken safların kendilerini aptal hissetmesini sağlayan kahrolası düzendir.
Bana elde ettiğiniz başarılarla gelmeyin.
Ne paranız, ne eğitiminiz, ne de titrinizden etkilenirim.
Hepsi kazanılır.
Kazanırken saflık gidiyorsa paranızı bile sevmeyin.
Bedeli insanlık olan zenginliği, rütbeyi, şöhreti ben neyleyim?

❝ Acaba çok yanlış yaptığım için mi
yalnız kaldım,
yoksa yalnız kaldığım için mi yanlış yaptım? ❞

Hep eleştirdim kendimi. Bende değersizlik duygusu yaratan her insan yüzünden zavallı kalbimi hırpaladım. Aklımı sorguladım. Zekâmdan şüphe ettim. İyi biri olduğumdan bile artık emin değildim. İyiler filmin sonunda mutlu olmalıydı, oysaki benim dünyamda hırsızlar zengin; aptallar mutlu; sadakat bilmeyenler evli; annelikten anlamayanlar çocuklu; kötüler huzurluydu...

Canımı her yakan, özgüvenimi kül ediyordu. Sevildiğimi sandığım her an, hızla kandırıldığımı anladığım anlara dönüşüyordu. İnsanlar da yardımcı olamıyordu. Çünkü insanlar acı çekeni teselli ederken hep akıl veriyordu. İyi niyetlilik aptallık, tevazu gereksiz, âşık olmak saçmalık, paylaşmak yanlışlıktı. İnsanlar, diğer insanları sevmememi öğütlüyordu. Bu yüzden kendileri de arada kaynadı.

Aslında çok tatlıyım. Diğer insanları gördükçe ne kadar normal olduğumu anladım. Güvenmeyi, sevmeyi, vermeyi severim. Tam tersini yapmam gerektiğini öğütleyenlere gülerim. Kötü olmak gerekir diyorlar. Kötü olunması gerektiği öğütlenen bir dünyanın ben içine ederim.

Bugünlerde çok düşünüyorum. Acaba çok yanlış yaptığım için mi yalnız kaldım, yoksa yalnız kaldığım için mi yanlış yaptım?

Ne acı değil mi?

Kendini suçlu hisseder zaman zaman, değerli ve biricik hayatını yaşarken çoğu insan.

Şefkat görmediği için şefkat de gösteremez kendisine. Sürekli kendini azarlar.

Ya yanlış bir adamı sever, ya yanlış bir arkadaşa güvenir, ya yanlış bir kariyer seçer, ya parası biter, ya da tek ihtiyacına, yani kendisine küser.

Saçını kestirir, vitrinde gördüğü pahalı bir ayakkabıyı alıverir, birine borç verir, geri alamaz; birinden borç ister, ödeyemez, zamanını savurur, öfkesini haykırır, ani kararlar verir, okulu terk eder, bazen de sevdiği tarafından terk edilir... Eylemlerinin sonucunda acı çektiği zaman da, en çok kendisini acımasızca eleştirir.

Her acının sebebi, bir şeyin gidişi ya da bitişidir. Sevgi, şefkat, itibar veya paranın eksilişidir. Eksilen o şeyin sebebini kendisinden bilir. Oysaki benzer anlarda benzer kararları alan herkesin kaderi bir değildir. Bir doğru yoktur hayatta. Hayat, seçimlerinin sonucunda ortaya çıkacak her yokluktan var olmayı öğrenme, eğilme, bükülme, kırılmama yani esneyebilme sanatıdır. Yanlıştan korkarak yaşayan, yaşadım diyemez. Yaşamadığı hayatı da içine sindiremez. Ben sindiremezdim.

Cesaretle eyleme dönüşen her karar ve her düşüncenin sonucu iki ihtimali de barındırır: doğru veya yanlış.

Yılbaşı çekilişinde son parasını bilet almak için harcayan insan, amorti bile çıkmazsa yanlış yaptım diyebilir ama büyük ikramiyeyi kazanırsa aldığı en doğru karar olduğunu da bilir.

Okulunu terk eden ve yaşamı boyunca para kazanmakta zorlanan delikanlı için verdiği karar yanlış; ama okulunu terk edip borç harç iş kuran ve sonunda holding sahibi olan genç için aldığı karar, hayatında aldığı en doğru karardır.

Seçimlerimizin iki ihtimalli sonuçlarını yaşamadan göremeyiz. Bizim için en kolayı başkalarının seçtiği ve çizdiği güvenli yolda ilerlemektir belki ama o zaman insan nasıl yaşadım diyebilir?

Birini çok sevmek ve sonucunda terk edilmek ise en büyük acıdır bazıları için. Yanlış adamı sevmiştir. Oysaki sonu acı olsa da aşkın büyüsünü deneyimlemiştir ve aşkı yaşamadan iki ihtimalli sonuçlardan hiçbirini tecrübe edemeyecektir. Zaten yanlışı yaşamadan, bir insan doğruyu nasıl bilebilir?

Hata yapmaktan korkarak yaşayanların herhangi bir bitkiden farkı bulunmaz ve fotosentez yaparken geriye kalanların oksijenini de kullanırlar. O oksijen, aslında gerçekten yaşayanların ihtiyacıdır. Yaptıklarının sonucunu hesaplamak ise sadece kimya laboratuvarlarında çalışanların veya muhasebecilerin işi olmalıdır. Duygunun, kararın ve eylemin sonucu hesaplanamaz. Hesaplanırsa yaşamın tadı kalmaz.

Seçimlerinin sonucunda mutlu olan doğru, mutsuz olan ise yanlış yapmıştır. Ama seçim yapmadan ne doğruyu ne de yanlışı görebilecektir ve o zaman, yüzde elli ihtimalli bir hayatta nasıl yaşadım diyecektir?

Sürpriz sonuçtadır ve beceri her sonuca rağmen ayakta kalmaktadır. Varsa mangal gibi bir yüreği, doğrularından güzel anılar yaratacaktır ve yanlışlarını da en az doğruları kadar gururla anlatacaktır.

Bir canlıyı incitmeden, bir kulun hakkını yemeden, çalmadan, çırpmadan, temiz bir yürekle hangi duyguyu eyleme geçirirse geçirsin ve sonucu ne olursa olsun, içine çektiği her nefesi hak edecektir.

Seçtiği dostlar yanlış olacaktır belki, âşık olduğu adamın yanlış olması gibi. Koklayıp da seçemezsin insanları, sonuçta kavun değiller ki.

Bizler, kendimize değer vermeyi öğrenmediğimiz için başkasının verdiği zırnık kadar değere minnet duyan aşk âşıklarıyız.

Sonra yanlışlarımızla yaralanırız. Onlar bizi yaralamazlar aslında. Biz elimize bir bıçak alır, güzelce her yerimizi parçalarız ve onların yaraladığını sanırız.

Giden her kişinin yerine birini koymaya çalışırken biraz daha kanarız. Ah biz zavallılar, acımamak için ne çok acırız.

Oysaki ne yapıyorsak yanlışlıktan değil, kahrolası yalnızlıktan yaparız. Yalnızlığı kâbus sanıp, uyanmak için hep bir diğer yanlışın elinden tutarız.

Şimdi sessiz bir yerde oturup bu satırları okurken, elinizi vicdanınıza koyun. Hata diye adlandırdığınız kaç tecrübe, doğru bir kalbin izinden gitmenizin olası sonucuydu? Sonuçta acı çekti diye doğru bir kalp hiç azarlanır mı, bıçaklanır mı, yorulur mu?

Her nerede iyi bir kalp ve doğru bir niyetle, umutla ve hayalle adım atıyorsanız ve sonunda acı çekiyorsanız, anlayın ki yanlış değil, sadece yalnızsınız.

Çünkü yalnızlık, insanı ayağa kaldırır, adım attırır, risk aldırır, savaştırır, sonuçlarına katlandırır.

Yapılan tüm yanlışlar o yolda yaşanır. Yolda yürürken, yol kenarında duranlara da rastlanır. Onlar hiç yürümezler. Bir şekilde ellerinden tutanları, onları belirli bir mesafeye getirip orada bırakmıştır. Gelecekleri ve hayalleri yoktur. Yolda hiç yorulmamışlardır ve bu yüzden sonuna kadar tek başlarına gidecek ve yolu keşfedecek cesaretleri de olamayacaktır. Tek başlarına yürümeyi hiç tatmamışlardır. Oysaki yanlışlar yürütür geriye kalanları. Düştükçe kalkmayı, korktukça koşmayı, gittikçe yol almayı bilenler onlar olacaktır. Ellerinden tutan yoktur ve bu yüzden yollar, onlar için yalnız ve çamurludur.

Düşerlerse ellerinden tutanları olmadığındandır.
Yanlışları hep yalnızlıklarındandır...
Bir hataya düşerseniz, kendinize şefkat gösterin.
Yanlışlıktan değildir o, yalnızlıktandır...

Yalnız hissederseniz, ayağa kalkın ve yolun tadını çıkarın. Biri gelip sizi yürütmek istese bile onun bıraktığı durakta durmayın. Devam edin. Yol sizin. Durmaya sadece siz karar verin. Yanlışlık değildir o yolda yaşananlar... Hep canım yalnızlıktan onlar...

Yolu sevin, yola güvenin, yol sizin...

İki yol var bizim için. Umutsuzluk ve umut. Umutsuzluğu seçip sonunda "Doğru yolmuş..." diyeceğimize, umudu seçip "Yanlışmış be!" diyelim. Yol sona erecek zaten. Yolculuğu niye kendimize zehir edelim? Tüm umutlu ve mutlu yanlış yolları seçen okurlarım, bugün bendensiniz. Gelin, birlikte yürüyelim...

Mutluluk sonda değildir zaten, yoldadır. İnsanlık mertebesi ne kadar yürüdüğüne, ne kadar düştüğüne ve ne kadar yürümekten vazgeçmediğine bağlıdır. Acı belki yere kapaklandırır, ama aynı acı insanı ayağa da kaldırır. Her felaket bir mucizeye gebedir. Ölmüyorsan, yaşamayı çok iyi bildiğindendir.

> Birinin döktüğü gözyaşlarının
> bir başkasını iyileştirme gücü var gibi.
> Birinin çektiği acı, bir diğerinin tesellisi.
> Birinin neşesi ise
> bir diğerinin kıskançlığı oluyor zamanla sanki
> ya da hayat sadece bana bunu böyle öğretti...

İçim kıpır kıpırdı.

Sanki tüm hayatım daha yeni başlıyordu. Yüzüme yerleşen gülümsemeyi bir türlü zapt edemiyordum. Ayıp oluyordu sanki herkese. Neşemden utanacak kadar mutluydum. Zaten neşe de böyle bir şeydi. Herkesin kaçtığı bir şey. Ağlayan insandan böyle kaçılmıyor artık sanırım. Birinin döktüğü gözyaşlarının, bir başkasını iyileştirme gücü var gibi. Birinin çektiği acı, bir diğerinin tesellisi. Birinin neşesi ise bir diğerinin kıskançlığı oluyor zamanla sanki ya da hayat, sadece bana bunu böyle öğretti.

Her şey çok güzeldi.

On bir yaşından beri para kazanmak zorunda kalan bir kadın olarak, sırf sen istediğin için havalı ve kurumsal işimden istifa etmiştim çünkü bebek sahibi olmayı planlıyorduk. Sinir sistemi, hücre gelişimi ve protein sentezi kusursuz bir şekilde tamamlanmış, sağlıklı doğmasını hayal ettiğimiz bebeğimiz için düzenli olarak folik asit alıyordum. Sanki sağlıklı doğmak bir canlı için yetiyormuş gibi. Büyürken yaşayacaklarına, tüm savaşlarına, olası travmalarına daha doğmadan yazılabilecek bir reçete yok diye folik asitle idare ediyordum diyebilirim. Folik asit kuldan, tevekkül Allah'tan. Başka hiçbir derdim yoktu. Sen "Artık çalışma..." dedin. Ben de ilk kez Allah'tan ve kendimden başkasına güvendim. Salaklık etmişim.

Seninle tanıştığımızda, yıllarca nefes almadan, kurumsal iletişimci olarak perakende sektöründe çalışmamın sonucunda nihayet şehir merkezinden oldukça uzak da olsa bir daire satın almış, kredisini bin bir kâbusla ödüyordum. Sen "Artık ben öderim..." dedin. Öderdin de. Kırk yıl sonra ilk kez hayat bana, okuduğum mutlu sonlu kitaplardaki ve izlediğim mucizeli filmlerdeki gibi torpil geçmişti. Yorulmayacaktım. Sadece sevip sevişecek ve evimizle ilgilenecektim. Birlikte sahiplendiğimiz köpeğimizle bebeğimizi de büyütecektim. İlk evliliğimde çocuk sahibi olmayı hiç hayal etmemiştim, senin sayende umarım anne olmayı da öğrenecektim. Beraber yaşadığımız iki yıl içinde bana kadın olmayı öğretmiştin. Anneliği de elbette öğrenirdim. Ben zaten öğrenmeyi çok severdim.

Gelinliğimi her gün giyinip, aynada kendimi hayranlıkla izleyip tekrar yerine asıyordum. Gizli gizli seviniyordum. Gizli sevinmek makbuldü çünkü. Herkes o kadar mutsuzdu ki "Ayıp olur!" diyordum. Sevindikçe sevilmemek diye bir şey var çünkü. İkinci kez evleniyordum nihayetinde. Kırk yaşında çok da abartmamak lazım diye düşünüyordum aslında, ama ah o içim var ya o içim, kendine sığmıyordu işte.

Başkalarının ne düşündüğünü ne çok önemsiyoruz. Sırf onlar ne der diye kim bilir kaç sevinci yarım yaşıyoruz. Kaç kararı uygulayamıyoruz. Kaç sürprizli sonuçlar barındıran riski alamıyoruz. Sürprizleri, mutlulukları, başarıları erteliyoruz. Pişmanlık denen o en fena duygu ise genelde yaşayamadıklarımızdan değil de yarım yaşadıklarımızdan kaynaklanıyor. Başkaları yüzünden kursağımızda kalan her mutluluk, gün geliyor en büyük mutsuzluğumuz oluyor. Kendi kul hakkımıza girmenin günahını yaşıyoruz.

Keşke doya doya gülseydim o gelinliği giyip aynaya her baktığımda. Filmlerdeki özgür ruhlu, çılgın başrol oyuncuları gibi saç fırçasından mikrofon yapıp, özgürce dans ederek, Sezen Aksu'nun bizim için yazdığını düşündüğüm, hatta neredeyse emin olduğum "Erkek Güzeli" şarkısını defalarca bağıra bağıra söyleseydim.

"Gözlerim gözlerine kilitlenir
Doyamam seyretmelere seni
Özlerim, birkaç saat fazla gelir
Yağızım yiğidim erkek güzeli...

Gel de eğ, eğ şu asi başını
Kaçırma gel şu olgun yaşımı
Anladım korkunu telaşını
Görünce çakmak çakmak yeşillerini

Seni pamuklara sarmalar sararım
Ne bedel isterim, ne hesap sorarım
Ne sitemle güzel kalbini yorarım
Sakınma tatlı dillerini."

Bize yazılmış gibiydi. Bir tek gözlerin yeşil değildi. Ama ben, yeşil olmayan gözlerinin içine bakıp söylerken bu şarkıyı, yemin ederim yemyeşil görüyordum kahverengisi çok sıradan gözlerini. On beş gün kalmıştı büyük güne.

New York'ta evlenecektik. 25 Haziran'da. 2015 yılında.

O gün, öğleden sonra seninle buluşup damatlığını alacaktık. Ne yakışıklı adamdın be. Benden on dört yaş küçük olman hiç önemli değildi. Çünkü büyük seviyordun. Boyundan büyük. Yaşından büyük. Benden büyük. Uçak biletlerimizi almıştın. Tüm planları yapmıştın. Seni tanıyana kadar tüm planları yapan biri olarak, sadece uçak biletini almış olman bile büyük nimetti benim için. Eski eşim, ailem, dostlarım, iş arkadaşlarım ve yöneticilerim tarafından iş bitirici, pratik zekâlı, planlı, düzenli olarak anılmanın gururunu yaşadığımı sanırken, bu sıfatların yorgunluğunu taşımaya başladığımı, sen iki sene önce hayatıma girdiğinde anlamıştım. Seninle tüm yüklerimi ve yorgunluklarımı üstümden atmıştım. Balayımız için nikâh sonrası New York'tan Los Angeles'a geçip sonra da Las Vegas'a gidecektik. Kendimi mutluluktan gülümserken bulduğum her an, kıçımı kaşıyordum nazar değmesin diye; büyüklerimiz öyle öğretti ya bize.

Deli miydim?

Sürekli kendi kendime gülümsüyordum.

Cilt bakımına gitmiştim o gün. Öğleden sonra evde buluşacaktık. Damatlığını seçecektik ve sanırım çok zorlanacaktık. Omuzların çok genişti. Belin ise çok ince. Sporcu olmak böyle bir şeydi işte. Bu sebeple sana takım elbise seçerken hep çok zorlanıyorduk. Özel dikim yaptırmamız gerekebilirdi. "Umarım buluruz..." diyordum içimden cildime bakım yapılırken, çok sevdiğim haddinden geniş omuzlarını düşünerek. Bildiğin tasalanıyordum.

Ne kadar küçük dertlerim varmış. Zaten oldum olası severdim küçük şeyleri kafaya takmayı. Küçük şeyleri kafana takıyorsan, derdin yok demektir. Bu yüzden severdim zaten. Kendimi saçma sapan şeyleri düşünürken yakaladığımda hep gülümserdim. Büyüklerini bulamayanlar öyle yaparlar çünkü. Küçük dertleri olanlar bu yüzden çok şanslılar. Keki içi pişmeden fırından çıkarmış olmak, giymek istediğin gömleği ütüsüz bulmak, camları sildiğin gün yağmurun yağması, patron tarafından azarlanmak, komşun tarafından doğum gününde aranmamak ve geniş omuzları yüzünden sevdiğine takım elbise bulamamak. Bunlara üzülebiliyorsa bir insan, çok şanslıdır.

O sabah demek ki inanılmaz şanslıydım.

Gidenin güzelliği mi acıtıyordu bir kalbi
yoksa haysiyetsizce gidişi mi bilemiyordum.
Ne böyle giden olmuştu benden
ne de beni böyle güzel seven...

Eve geldim.

İçim içime sığmıyordu.

On beş gün sonra yuvamız olacaktı o ev. Aslında sen içindeyken hep yuvamda hissederdim. Boşanmamdan sonra, o daireyi gözümü karartıp, nasıl ödeyeceğimi bile bilmediğim bir krediyle satın alıp yapayalnız taşındığımda, duvarlar üstüme geliyordu ve gözüme bir türlü uyku girmiyordu. Sonra senin varlığın sayesinde yuvam oldu o ev ve sen de en huzurlu uykum. Göğsün ise en sevdiğim yastığım...

Kapıyı heyecanla açtım.

İlkönce ayakkabılarımı, sonra da incecik baharlık montumu çıkardım. Sen almıştın. Hani şu giysen de giymesen de bir olacak kadar ince ama giyince kendini daha güzel hissettiğin tasarım parçalardan. Zevkli adamdın. Zevkli olmayı benden öğrendin sanırdın. Öyle ya da böyle zevkli adamdın. Eğer ki öğrettiğim bir şey olduysa sana, vallahi gurur duyarım.

Antredeki dolaba yöneldim. Kapağını açtığımda bir boşluk hissettim çünkü senin sıcacık montlarını göremedim.

Giyinme odasına gittim, göğsüme o an yerleşen ve sanırım hâlâ taşıdığım, ağır ve kocaman kayayı da bedenimle birlikte taşımaya çalışarak. Senin adının baş harflerini işlettiğim atkı dışında sana ait olan hiçbir şey yerinde değildi.

İki sene kadar önce birlikte yaşama kararı aldığımızda giyinme odamda senin için büyük bir sevinçle açtığım yerler yani sana ait tüm çekmeceler, raflar ve askılar bomboştu. Ne çok yer açmışım sana farkına varmadan. Gittiğini anlamak için bir boşluğa bakmak yeterliymiş. Üstelik kendi ellerimle yarattığıma. İki üç parça eşyayla doldurduğumuzu sandığıma.

Aklımı kaybettim sanki o anda.

Odanın ortasında yere çöktüm.

Aklımdan geçenleri kötü hafızama rağmen dün gibi hatırlıyorum ama yazamıyorum. Yazmak istemiyorum. Bazı şeyler yazılamıyor. Bazı acılar kelimelerle anlatılamıyor.

O güne kadar hiç öyle bir acı yaşamamıştı yüreğim. Bugün o acı yüzünden sanırım artık her şeyin üstesinden gelirim. Çünkü bir daha hiç öyle acı çekmedim. Allah çektirmesin.

Çok giden oldu senden sonra benden. Kimi sevmediğim halde sevdiğinden, kimi kıskandığından, kimi tahammül edemediğinden, kiminin ömrü yetmediğinden, kiminin benimle işi bittiğinden. Hepsi habersizdi. Hepsi adiceydi. Ama içim biraz olsun sızlamadı. Ve artık acıyamıyor olmak, sanırım senin ahlaksızca gidişinin en güzel yanıydı.

Gidenin güzelliği mi acıtıyordu bir kalbi, yoksa haysiyetsizce gidişi mi bilemiyordum. Ne böyle giden olmuştu benden ne de beni böyle güzel seven.

Bugün ne zaman aşkın acısını bile özledim diyen olsa, o acı gelir aklıma. "Tövbe de!" derim.

Ölecek gibi olup ölememek, kan kaybından giderim şimdi deyip, kan bile görememek, tüm hayallerini bir iç kanamayla yitirmek ve ruhuna çarpan kamyonun verdiği ağır hasar yüzünden, bir daha hiç eskisi gibi gülümseyememek, yapılacak hiçbir tedavinin olumlu sonuç vermeyeceğini bilmek ve "Zamanla geçer..." dendiği halde donup kalan zamanın geçmeyeceğini düşünmek... Hayalleri yok olan birinin aldığı yarayı hangi sargı bezi sarabilir? Hangi ilaç iyileştirir?

Çok mutlu olmaktan korkarım hâlâ bu sebeple. Ya biri çıkıp da onun için kendi ellerimle açtığım yeri habersizce terk ederse diye.

Dilbilgisi derslerinde ismin beş halini öğretmişlerdi bize.

Yalın hali, bulunma hali, yönelme hali, ayrılma hali ve belirtme hali... Mastarların ise sadece çekimleri vardı. Oysaki dilbilgisi derslerinde eksik öğrenmişiz. Mastarların sadece çekimleri yoktur. Onların da halleri bulunur. Mesela, "gitmek" mastarının en kötü halidir şerefsizce gitmek. Kalanın ömür boyu yaşayacağı bir iç kanamadır. Alamadığı cevaplar, sormak istediklerinin karşılıksız kalışı, sürekli özleyişi ve özlediğini hiç göremeyeceğini hissetmesi, bilmesi... Herkes bir açıklamayı hak eder. Herhangi bir açıklamanın onursuzluğu bile böyle gitmenin onursuzluğuna yeğdir. Çünkü bilmemek acıyı derinleştirir, bilmemek kalanı yok edecektir. Bir insanı yok etmenin cezasını habersizce giden, elbet bir gün ödeyecektir. Yani yaşanan şerefsizlikle farklı zamanlarda da olsa iki kişi de ölecektir. Biri çektiği acıyla, diğeri ise verdiği... İntikam, planlanmadığında, ilahi adalet olarak tecelli eder. Bugün değil ama bir gün...

Bir gün ben öldüremezsem seni verdiğin acının bir benzeri ile; eminim öleceksin başka bir acının etkisiyle. Belki de benim gibi bir sevdanın en umulmadık yerinde. Hatta umarım ki, birini sevmekten için titrediğinde...

Ellerim titrediği için bir süre seni arayamadım. Öylece kaldım. "Dizlerimin bağı çözüldü..." cümlesinin gerçek anlamının farkına ilk kez vardım. Bir daha da varmadım. Zaten bir kere varmak yetti bana. Hiçbir uzvum hareket etmiyordu. Düşünemiyordum da. Aklım zamanla birlikte durmuştu. Dün ve yarın yoktu. Sadece çok derin bir acı hissediyordum. Her yerime bıçak batırılsa bu kadar acımazdım. Ağlayamıyordum. Sadece büyük bir acıyla titriyordum. Ölürüm sandım o acıyla. Ama kan akmadan çekilen hiçbir acıda ölmüyormuş insan. Daha da ölmem ben ciğerime bir bıçak batmadan, bedenimi bir kurşun yaralamadan, ecelim kapıyı çalmadan...

Aklımda tek bir soru vardı. Sessizdim ama sanki haykırıyordum: Niye gittin?

❝ Oysaki yanlış olan, başkasını sevmek değildir.
Bir başkasını sevmek dünyanın en güzel,
en tamamlayıcı hissidir.
Yanlış olan, yanlış olanı sevmektir.
Sevilenin yanlış olduğunu da,
sevmeden kimse bilemeyecektir... ❞

Yanlışlıktan değil, yalnızlıktan...

İçimde, herkesten farklı olduğumu hissetmenin verdiği telaşla, tırnaklarımı hayata mıh gibi saplamış bir yerlere tırmanmaya çalışıyordum.

Hiç farklı olduğunuzu hissettiniz mi?

Ya da her şeyin farkında olduğunuzu?

İnsanları, ben ve diğerleri diye ikiye ayırdığınız anlar oldu mu peki?

Tam her şey yoluna giriyor ve sıradanlaşıyorum diye düşündüğünüzde aniden her şey tepetaklak oldu mu ve farklı hissettiğiniz o, hem lanet hem de nimet gibi anlara geri döndünüz mü?

Ne zaman farklı hissedilir biliyor musunuz?

Çoğunluk öyle yaşadığı için, herkes tarafından bir hayat yolculuğunda yaşanması gerektiği düşünülen şeyleri, vaktinde yaşayamadığın veya hiç yaşayamadığın zaman.

Mecburiyetten yani.

Yoksa kimse farklı olmak istemez.

Herkes bir düzeni kural belirlemiş yaşarken, aynı kurallara uymayan ya da çok istese de uyamayanlar, farklı hissederler.

Çocuk yaşlarda başladım farklı hissetmeye.

Vaktinden çok önce okumaya başladım ve ilkokul birinci sınıfta, okumayı önceden bildiğim için sınıf öğretmenim tarafından parmak kaldırmamam ve diğer sınıf arkadaşlarım kendini kötü ve yetersiz hissetmesin diye, bildiğimi gizlemem istendi benden.

Kimse bildiğimi bilmedi bu yüzden.

Hâlâ bilmezler...

İçime kapandım, çünkü erken okuma yazma öğrenmiş olmaktan zaman içerisinde utandım.

Öyledir farklılık. Daha iyi olduğun için bile utandırır.

Yani tam altı yaşında empati kurmayı öğrettiler bana.

Zorla.

Bilgini, zekânı, zenginliğini, yeteneklerini sahip olamayanlar kıskanmasın diye, gizlemenin öğütlendiği bir devirdi.

İnsanlar, sadece başkalarını üzmemek için yaşıyordu o yıllarda. Hâlâ ağız tadıyla üzemem bu yüzden üzmem gerekenleri, insan kırmanın, artık ibadet gibi görüldüğü bu çağda.

Bencillik almış başını gidiyor.

Kişisel gelişim uzmanları ve yaşam koçu diye adlandırılan ne olduğunu hâlâ çözemediğim uyduruk meslek sahibi kişilerle, benim gibi sosyal medya ünlüleri meydanı boş bulunca "Kendinizi sevin!" diye bas bas bağırıyorlar ama başkalarını da sevmek gerektiğini söylemeyi unutuyorlar.

Unuttuk...

Acı çeken her ruha iyi geliyor "Kendini sev!" komutu. Bana çok iyi geldi, oradan biliyorum...

Başkasını haddinden fazla sevdiği için o ruh, kendini unutur sanılır.

Oysaki yanlış olan, başkasını sevmek değildir. Bir başkasını sevmek dünyanın en güzel, en tamamlayıcı hissidir.

Yanlış olan, yanlış olanı sevmektir.

Sevilenin yanlış olduğunu da sevmeden kimse bilemeyecektir. Sevilenin kendisi bile...

Herkes kendisi için doğrudur. Bir başkasının yanlış olduğunu anlamak ise yaşamadan, tecrübe etmeden, ah almadan, acıtmadan, incitmeden, kırmadan, dökmeden çok ama çok zordur.

Bugün yine gelsen yine aynı şekilde severdim seni.

Sen yanlış değildin. Sadece gidişin çok doğru olmadı sanki.

Ahlaksızca gitmen dışında bana hiç yanlış yapmadın kısacası.

Bir gidiş sebebiyle, aşk dolu geçirilen yıllara saygısızlık mı yapayım?

Sebepsizce gidişini en büyük aşkımın önünde mi tutayım?

İnan, aramızda bir gidişin lafı olmaz.

Kimler gelip de kaldı ki zaten?

Kalsalardı da, senin bir gidişin kadar bile kıymetli olamazdılar.

Yokluğun bile birçok kişinin varlığından daha güzel.

Varken çok güzeldin, sadece yokken kahrettin.
Güzel olmasan zaten kahretmezdin.
Kahrettiğin için hayata mı küseyim?
Ben, ancak yaşattığın güzelliklere şükrederim.
En büyük aşkımı yaşamışım.
Hiç nankörlük mü ederim?

Sen geldiğinde, büyümüştüm ben, hem de hiç çocuk olamadan. Başımı okşayan kimse olmamıştı. Başımı okşaması gereken herkesin kendi derdi vardı.

Sen geldin.

O çocuğu, kırk yaşına merdiven dayamışken, çok korktuğu için gizlendiği yerde buldun ve onu bıkmadan, yılmadan sevdin. Naftalin kokuyordu çocukluğum. Yine de koklarken içine çektin.

İçimdeki çocuğu büyütmemem öğütleniyor şimdi bana. Coşkumu, umudumu, saflığımı kaybetmemem öğütleniyor.

Oysaki çocukluğumda kaydıraktan bile korkmuş, salıncaktan ilk binişimde düşmüş, sığ sularda kollukla yüzmüştüm.
Benim içimdeki çocuktan bana ne hayır gelir ki?

> Çünkü bu hayatta ne yaşanıyorsa
> ne geç ne de erkendir.
> Her şey, olması gerektiği vakittedir.
> Sadece ne olursa olsun
> vakit, umudunu yitirmek için çok erkendir...

Yanlışlıktan değil, yalnızlıktan...

Uğursuz, sarı bir evde başladı asıl çocukluğum.

Aslında o eve geldiğimizde dokuz yaşındaydım ama zoraki hatırlatmalar dışında öncesini pek hatırlamıyorum. Çok iyi olmadığına zaman zaman şükrettiğim, zaman zaman da hayıflandığım balık hafızamla, güzel anıları unuttuğum kadar kötülerini de unutabiliyordum.

Her şerde hayır aramak öğretisi ile büyümenin faydaları bunlar işte. Eksik olan hiçbir şeyi eksik görmemek, kabullenmek, hatta eksikleri sevmek öğretildi bana. Ailem değil, hayat tarafından. Yani öğrenmenin en mecbur tarafından.

Sarı ev, çok yıprattı beni ve ailemi.

Sen yoktun henüz.

Keşke olsaydın.

Çocuk yaralarımı sarsaydın.

Sen yokken, ben onları kabukları düşmeden tekrar kanattım.

Oluruna bırakamadım hiçbir iyileşmeyi, hiçbir öğrenmeyi, hiçbir sevgiyi...

Üç yaşında okuma yazma öğrendim ve ondan sonra her şeyi, bu sabırsızlığıma rağmen vaktinden geç deneyimledim.

Zamandan çalmamak için yaralarımın kabuklarını kaldırdım ve bu sebeple hep aynı yerden defalarca kanadım.

Çünkü sen yoktun.

Elimi çabuk tutup sana gelmem gerekiyordu fikrimde.

Ruh eşini bulmak öğütleniyordu şarkılarda, romanlarda, filmlerde, hikâyelerde...

"UFO gibi bir şey aslında bu ruh eşi.
Herkes var diyor ama gören yok.
Gördüğünü sanan var ama inanan yok."

Oysaki hayat, ben koşmasam da seni bana getiriyormuş bir şekilde.

Bilseydim acele etmezdim.

Şimdi ise hiç aceleci değilim.

Nihayet bitti, bu hayatın öngördüğü mecburi acemilik dönemim. Keyifle, mevzuatın öngördüğü süre içerisinde hak ettiğim rütbeleri beklemekteyim.

Çünkü bu hayatta ne yaşanıyorsa, ne geç ne de erkendir.

Her şey, olması gerektiği vakittedir.

Sadece ne olursa olsun; vakit, umudunu yitirmek için çok erkendir.

Kırk yaşında sana âşık olmam, Mimar Sinan'ın ellili yaşlarında mimarlığa başlaması gibiydi.

Daha önce mimar olsaydı; doğuştan var olan kabiliyetine, hayatının tecrübesini katamazdı ve büyük ihtimalle adı bugünlere kalmazdı çünkü eserleri böyle baş döndürücü olamazdı.

Yaşadığı yıllar boyunca gördüğü tüm yapıların olmaması gerekenlerini fikrinde ayıklayıp, olması gerekenlerine özen göstermeseydi, böylesine büyüleyici ve böylesine özgün eserlere imza atamazdı.

Ben ise sana daha önce âşık olsaydım, kanımca doğuştan var olan âşık olma becerime rağmen, tecrübesizliğime yenik düşer; âşık olduğumu ya da yaşadığımın aşk olduğunu anlamaz, böyle güzel sevip sonrasında ise yokluğuna böyle güzel üzülemezdim ve seni, kurduğum bu kadar çaresiz, âşık, mutlu, umutsuz, hayalperest, sessiz, korkusuz ve yorumsuz birçok cümleye konuk edemezdim.

Yaşadığım tüm aşk sanrılarımdaki olmaması gerekenlerden muaf, olması gerekenlerin ise mutlak toplamıydın.

Selimiye Camii'mdin sen benim. Ustalık eserimdin. Kusursuz ve gizemliydin. Mimar Sinan eceliyle öldü, eseriyle övünürken; ben ise cinayete kurban gittim, eserimi överken.

" Kimse söylemez bunu ama kabullenmenin âcizliği
başladığı zaman
hayaller tükenmektedir.
Kabullenmek zorunda olmak ise koca bir lanettir.
Üstelik iyiyi kötü yapacak kadar kuvvetlidir.
Zaten hayalleri tükenen bir insandan
iyilik mi beklenir?
"

Ne umutlarla taşınmıştık o Küçükçekmece Gölü manzaralı, kocaman bahçeli, salonunda şöminesi olan sarı eve. Babamın iyi gittiğine inandığımız işleri sayesinde. Sonra yirmi beş senelik ortağının onu sırtından bıçaklamasıyla başlayan bir yıkım yaşandı bizim evde. Salondaki şömineyi satamıyorduk sabit olduğundan ama sabit olmayan tüm eşyalarımızı teker teker elden çıkardık. Bu sebeple şömineyi de hiç yakamadık.

Babamın yediği büyük ve hep olduğu gibi "beklenmedik" kazık öğretti bana insanların yaptıklarına şaşırmamayı. Zaten yenilenin kazık sayılması için "beklememek" en önemli şarttır.

"Bir musibet bin nasihatten yeğdir" derler ya. On yaşındayken öğrendim ben sırttan bıçaklanmayı, aynı yerden bir daha bıçaklanmamayı ve en kötüsü de başka yerinden bıçaklanınca şaşırmamayı.

Babam öğretti.

Onu da bir daha bıçaklayamadılar zaten ama aldığı bıçak yarası zaten ona yetmişti.

Kötülüğü kabullenme gerekliliği diye bir şey var.

İnsana kendini çok âciz hissettirir.

Çaresiz bir öfke gelir.

Çaresizdir o öfke, çünkü öfkelendiğin kişilerin canını yakamadığından, seni tasviri mümkün olmayan bir acıyla inletir.

En kötüsü de sesini bile çıkarmadan inlemektir.

Kimse söylemez bunu ama kabullenmenin âcizliği başladığı zaman, hayaller tükenmektedir.

Kabullenmek zorunda olmak ise koca bir lanettir.

Üstelik iyiyi kötü yapacak kadar kuvvetlidir.

Zaten hayalleri tükenen bir insandan

iyilik mi beklenir?

Kötü yoktur aslında.

İyi olmayı, kötülüğü kabullenme mecburiyetinden bırakanlarla dolu bu dünya.

Bir babanın hayalleri, gerçeği kabullendiği için tükendiğinde ise çocuklarınınki de tükenecektir.

Oysaki, en umutlu çağında umutsuzluğa kapılmak bir çocuğa yakışacak en son şeydir.

Okula gidebilmem için para kazanmam gerekiyordu. Yoksa babam beni okuldan alacaktı. O, zengin ve şımarık kızlarla dolu okula gidememek fikri, minicik beynimi resmen yakıyordu. Almanca ve İngilizce öğrenecek, büyük insan olacak, hatta büyüyünce başbakan olacaktım.

O, yabancı dil öğretilen ve mezun olunca büyük insan olacağımız vaat edilen okulda, zengin züppelerle kalmanın bir yolunu bulmalıydım. Başbakan olmanın ise büyük insan olmak demek olmadığını bulduğum o yolda anlayacaktım.

Alınteri ve dürüstlükle yola koyulan herkes çok büyükmüş meğerse.

Evine helal ekmek götürmek için gece gündüz çalışan bir baba, bebeğine mama alabilmek için düğününde takılan bileziğini satan ana, kardeşi daha çok seviyor diye "Benim canım istemiyor..." diyerek gofretini veren abla...

Büyük insan olmak için rütbeye değil; azimli, adil ve fedakâr bir yüreğe sahip olmak ve onu korumak yeterliymiş.

Hatta büyürken çok küçülmek gerekliymiş.

Evde kek yapıp, okulda uzun teneffüs saatlerinde tüm sınıfları dolaşarak satmaya başladım.

Tren pasomu, ikinci el Almanca ders kitaplarımı, okul formamı, Galata Köprüsü'nün çıkışındaki simitçiden her sabah aldığım mis gibi mahlep kokan çatalı ve ailemin erzak alabilmesi için gerekli parayı, okuldaki züppelere kek satarak kazanabildim. Züppe diyorum onlara, kedinin ulaşamadığı ciğere murdar demesiyle aynı aslında.

"Öyle değil midir?

Beğendiğimiz ama elde edemediğimiz her eşya ve her kişiyi kötüleriz.

Hele o kişiler bizim istediklerimize sahiplerse nefret bile ederiz.

Bu, egomuzun, yaşadığımız beyin yakan kıskançlığa karşı ürettiği bir savunma mekanizmasıdır.

Ne yazık ki sonunda, farkında olmadan egomuzu rahatlatmak için uydurduğumuz yalanlara inanırız.

Artık bizim ulaşamadığımız her eşya ve her kişi kötüdür ve onlar biz istemediğimiz için hayatımızda yoklar sanırız.

Oysaki onları en baştan hak etmemişizdir ama acımızı dindirmek için kötü düşünmeye karşı geliştirdiğimiz bağımlılıktan asla fark edememişizdir.

İşte böyle düşünen kişiler yüzünden kötüdür bu dünya.

Savaşların en büyüğü, gerçekte, bir beynin umarsız kıskançlığında.

Nükleer silahlara gerek yok aslında.

Kötü insanlar yeter dünyayı batırmaya..."

O kadar yalnızdım ki o okulda. Acıyorlardı belki bana. Belki de onlar gibi hafta sonları ailemle kayağa gidemediğim ya da Atatürk Kültür Merkezi'nde opera izleyemediğim için konuşacak fazla bir ortak konumuz yoktu.

Birbirlerinin evlerinde kalırlardı bazen sınıfımdaki kızlar. Beni hiç çağırmazlardı. Çok sevinirdim çağırmadıklarına aslında. Hem güzel kıyafetlerim yoktu, hem de bize davet etme imkânım. İadeiziyaret, nezaketen mutlaka yapılıyordu ve bizim evimizde oturacak bir koltuk bile bulunmuyordu.

Kız lisesi denen şey zaten başlı başına bir psikolojik savaşken bir de şişman ve fakir kız olarak iyice uzaklaşmıştım onlardan. Sekiz sene boyunca sadece kurtulmak için dua ettiğiniz bir yerde hiç kaldınız mı?

Ben kaldım işte.

"Yaşıtsınızdır, eşitsinizdir, kalabalıksınızdır, bir aradasınızdır ve siz kendinizi bulunduğunuz yere ait hissetmezsiniz.

Ait olmanızı engelleyen eksiğinizi kapatmak için üstün çaba harcar, yorgun düşersiniz ve sonra yorgun düştüğünüzden, ait olmak için çabaladığınız yeri sevmezsiniz.

Çok sonraları öğrendim.

Ait hissetmediği yerde durmak zorunda kalabiliyormuş insan.

Tek yapılması gereken durmak, hiç ama hiç çaba harcamadan.

Öyle ya da böyle geçiyor o kahrolası zaman ve daha çabuk geçiyor oradan çıkmak için çabalamadığın an.

Emek verirken geçen zaman, insanı daha fazla kahrediyor.

Oysaki sonuç hep aynı oluyor:

Ait değilsen değilsindir ve ait olmak için gösterdiğin özen ve çaba, yara bandını sökerken canın acımasın diye yavaşça ve usulca çıkarmak için gösterdiğin çaba gibidir.

Daha çok acı verir."

" Kurduğumuzu sandığımız hayaller,
aslında hep bir başkasının
bizimle ilgili hayali sanırım.
Aksi halde sınırları bu kadar keskin olmazdı
ve gerçekleştiklerinde
düş kırıklığı yaratmazlardı.
Çünkü gerçekleşen tüm hayaller,
bizim değil, onlarındı. "

Bambaşka bir hayat başladı benim için üniversiteyi kazanmamla. Okul saatleri dışında semtimizin zengin çocuklarına özel ders vererek, sadece ailemin ihtiyaçlarını karşılamakla kalmamış, kendime küçük kırmızı bir araba bile almıştım.

Geçirdiği kalp krizinden sonra, açık kalp ameliyatı olan babamın iyileşemeyeceğinden korkarak geçirdiğim günlerde hayli kilo vermiş ve çirkin bir ördek yavrusundan güzel bir kuğuya dönüşmüştüm.

Üniversite yıllarını popüler bir genç kız olarak geçirdim. İlgi duyulan, sevilen, beğenilen, ulaşılmaz görünen ama aslında ulaşılmak için can atan, ilgiye ve sevgiye muhtaç bir kızdım. Nasıl olmazdım?

"Sen yoktun.
Sen olmadığın için aşkı hiç bilemeyecektim.
Sadece sen gelene kadar saçma sapan duygulara aşk diyecektim.
Kızma bana bu yüzden.
Sen gelmesen, aşkı bilmediğimi nereden bilecektim?"

Hayır demeyi bilecek kadar değerli hissetmek, bana hayat tarafından öğretilmediğinden, benimle ilk "çıkmak" isteyen gençle bir akşam yemeğine gittim. Evimden arabasıyla almıştı beni. O güne kadar kimse beni arabasıyla alıp güzel bir restorana götürmemişti. Daha doğrusu bir restorana götürmemişti. O restoranın güzel olduğunu düşünmem sadece tecrübesiz sevincimdendi.

Vermeye çok alışmış ve hiç almamış insanlar, biri onlara burunları akıyor diye mendil bile uzatsa âşık olurlar.

Bu sebeple âşık oldum o koca burunlu ama güzel kalpli Musevi'ye. Beni arabayla evimden alıp güzel olduğunu düşündüğüm bir restorana götürdü diye.

Kendini değersiz hisseden her insan, sıradan bir jestten fazlasıyla etkilenir. Çünkü o, hak ettiğini alabilmek için hep çaba göstermiştir. Emek göstermeden ona sunulan bir bardak su için bile borçlu hisseder, çünkü o, çocukluğunda bir bardak suyun bile karşılıksız sunulmadığını öğrenmiştir. Zamanını, emeğini, hayallerini, hep çoktan olması gerekenleri oldurmaya çalışırken vermiştir. Çünkü o, ailesiyle tatil yapabilmek için Alanya'daki bir otelin Çocuk Kulübü'ne gelen Alman çocuklara seksek oynamayı ve resim yapmayı öğreterek, havuza girebilme lüksünü ve açık büfe akşam yemeğini hak edebilmiştir. Çaba göstermeden, emek harcamadan, para kazanmadan ve hesabı ödemeden yemek yediğinde, âşık olması kuvvetle muhtemeldir. Çünkü onun çocukluğu, olması gerekenleri oldururken tükenmiştir. Kendini borçlu hissetmesi bu yüzdendir. Aşk sandığı duygu aslında saçma sapan bir minnettir.

"Öz değer duygusu gelişmeyen ve almaya değil hep vermeye alışan her kadın; ufak bir jest yüzünden yanlışlara tutunuyor. Kendimden biliyorum.
Yapmayın.
Değerlisiniz.
Size ne sunulsa emin olalım daha fazlasını hak edersiniz. Sevilince şaşırmayın.
Siz her sevgiye değersiniz."

İşte ben, böyle âşık olduğumu sandım. Benimle birlikte olmasını tasvip etmeyen annesine rağmen her cuma aile yemeklerine gittim. Ben yemek yemeyi sanırım gururumdan daha fazla severdim. Hâlâ öyleyim.

"Yarın bir cenaze var..." dedi ona bir akşam annesi. "Orada bir kızla tanıştıracağım seni. Siyah takım elbiseni giy mutlaka."

Sofradaki humustaydı gözlerim ve bir an için öleceğimi zannettim. Hayatımda yediğim en lezzetli humusa daldırmayı düşündüğüm kaşık elimde kaldı ve ne yazık ki minnoş kalbim tepki veremeyecek kadar saftı. Ertesi gün annesiyle cenazeye gitti Musevi sevgilim Vitali ve bugün hâlâ o gün tanıştığı kızla evli. Neyse ki almıştım Ethel Teyze'den o meşhur humus tarifini.

Sen hayatıma gelene kadar, kimse bilmedi o tarifin değerini. Sen ilk yediğinde çok beğenmiştin. Belki de bana haram zıkkım olan o humusu sen bu kadar sevdiğin için seni çok sevmiştim. Kötü olan her hatıramı, her anımsamamı, her iç çekmemi, her gözyaşımı yok ettin.

Söyle bana, ben seni hâlâ niye sevmeyeyim?

Üniversite bittikten sonra tüm ailem, ablam gibi işletme ihtisası yaptığım için onun gibi bir bankada çalışacağımı düşlüyordu. Bir şubede en alttan başlayıp, sonra şube müdürü olacaktım. Büyük ihtimalle de üniversitede aşk sandığım yanılgıdan sonra başka bir aşk bulamadığımdan, şubeme parasını teslim eden bir mevduat sahibiyle de yuva kuracaktım.

Kurduğumuzu sandığımız hayaller, aslında hep bir başkasının bizimle ilgili hayali sanırım. Aksi halde sınırları bu kadar keskin olmazdı ve gerçekleştiklerinde düş kırıklığı yaratmazlardı. Çünkü gerçekleşen tüm hayaller bizim değil, onlarındı.

Çocukken yatağıma yattığımda gözlerimi kapatıp kurduğum hayallere hiç benzemiyordu yaşadıklarım. Hatta sırf onları kurabilmek için ödevlerimi çabucak bitirip odama gittiğimi hatırlarım. Herkes beni çok çalışkan ve disiplinli sanıyordu. Oysaki kurulacak hayallerim odamda beni bekliyordu. Ne aşklar, ne kariyerler, ne dostluklar yaşadım gözlerim kapalıyken yatağımda.

Hiç rüya görmem ben.

Sanırım rüya gibi hayaller kurabilmem yüzünden.

Çocukken kurduğunuz hayalleri bir düşünün. Hiç hayatınız sonlanırken ne yapıyor olacağınızı düşlediniz mi? Düşlemezsiniz.

Ölüm o kadar gerçek ki, hayallerin ütopyasında yer bulamaz kendisine.

Hayallerinizde bir aşk, bir iki çocuk ve zenginlik vardı değil mi? Zenginliğin kaynağı iyi bir kariyer de olabilirdi ya da şimdikilerdeki gibi kariyer sahibi biriyle evlenmek de. Artık böyle. Doğru kişiyle evlenmek, yeni çağın en popüler kariyer hedefi.

Hayal denen şeyin bu kadar sıradan ve ölüm kadar gerçek olması içinizde bir yerleri titretmedi mi? Hayal sandığınız her şeyin bir başkasınınkine benzemesi ruhunuzu incitmedi mi?

Benim incitti.

Bu sebeple başkalarının benim için kurduğu ama benim sandığım hayallerden artık çok uzaklardayım. Gerçekleştiremediğimden değil, sıradanlıklarını sevmediğimden. Gider atom parçalarım ama milletin hayaline ortaklık etmem. Çünkü ölüm kadar gerçek ve sıradan hayallerden asla hazzetmem. Gerçekleştiremesem de, gerçekleştirmeye çabalarken gideceğim, kurduğum düşlerle, bir kereliğine geldiğim bu misafirlikten.

"Anılar yaratmaya çalışırken, hayallerimizden oluyoruz. Anılar birikip, hayallere yer kalmayınca da çizgilerle değil, umutsuzlukla yaşlanıyoruz.

Sırf bu yüzden hayalleri olmalı insanın.

Bırakın gidenlere kanayan yüreğiniz geleceklerin hayaliyle şımarsın.

Gidenler için siz değil, kader utansın.

Biten her şey, başlayan bir başka şeydir.

Biten her şey, anıları bırakıp hayallere yer açmak demektir.

Yeter ki sabırlı olun.

Ama sabır kişiye değil, hayatadır.

Tırnaklarını yemek değil, beklerken doya doya yaşamaktır.

Değersiz hissettirene sabretmek yerine, değerli hissederek beklediğine adım adım yaklaşmaktır.

Sabır oturmaz, koşmaz.
Sabır emekler ama yolundan şaşmaz.

Çocukken gözlerinizi kapattığınızda düşlediğiniz gelecek belki hiç gelmeyecek ama düşlemekten vazgeçmezseniz, çocuk kalan yüreğiniz sizi hep başka bir serüvene götürecek.

Düşlemeyi bıraktığımızda yaşlanırız, botoksu bıraktığımızda değil.

Düşlediğiniz bir ömür dilerim, düşlediğiniz gibi değil..."

> **Keşke**
> daha güzel olsaydım diye düşünen
> her kadının geçmişinde
> bunu ona hissettiren sığ bir âşık,
> sığ bir dost
> ya da toplumun ta kendisi vardır...

Yanlışlıktan değil, yalnızlıktan...

Anlıyordum büyüdüğümü, çünkü artık daha çok çalışmam gerekiyordu.

Bankada çalışamazdım çünkü kıyafet yönetmeliği vardı.

Ben siyah ojeler sürüp, bol keten pantolonlar giyip, rahat tişörtlerle gezmek istiyordum.

Çocukken yatağımda, döpiyesli veya pantolon ve ceketten oluşan takım elbise giyen bir "ben" hayali kurmamıştım hiç. Dizüstü muhafazakâr kokteyl elbiseleriyle ve hayal gücünden yoksun az topuklu pabuçlarla ömrümü geçiremezdim.

Kot pantolon giyerek de para kazanmanın bir yolu olmalıydı. İşte o zamanlar kariyer planlarımı kıyafet yönetmelikleri şekillendiriyordu. Çünkü para, bir şekilde kazanılıyordu. On bir yaşında öğrenmiştim çalışanın kazandığını ama artık keyifle para kazanmam gerekiyordu. Başımın dikine gidecek kadar çocuktum aslında ve ben büyüdüm sanıyordum. Bugün tüm kurallara uymaya çalışıyorum ve bu sebeple gerçekten büyüdüğümü anlıyorum.

"Yapmak istemediğiniz her şeyi fark etmeden yapmaya başladığınızda büyüdüğünüzü anlarsınız ve bu kez de tekrar çocuk olmak için çabalarsınız.

Yetişkin olduğunuzda, başınızın dikine gittiğinizi sanırsınız. Hatta bununla övünürsünüz.

'Ben ne istersem onu yaparım, onu yaşarım, kimseye laf söyletmem' dersiniz.

Üç yaşında annen çorbayı ağzına kaşıkla vermeye çalışırken dudakları kilitlemektir başının dikine gitmek. 'Yat uyu' dendiğinde hâlâ televizyon izlemeye devam etmektir. Ödevlerini yapmak yerine arkadaşınla platonik aşklarını konuşmaktır telefonda. Okulu asmaktır, anneyi dinlememektir, babayı doldurmaktır.

Büyüyünce başının dikine gidemez insan.

Aşk, para, huzur hep başkalarının tekeline geçmiştir ve ilk başının dikine gitme denemesi başarısızlıkla neticelenmiştir. Hollywood filmleri gibi değil bu hayat.

İsyan ederek istifa edeni, rest çekerek aşkını deneyeni, sinirlenince ağzına geleni söyleyeni ödüllendirmiyor.

Hatta biraz ileri gidersen 'deli' diyor.

Büyürken içindeki çocuğu kaybetmemen delilik kısaca. Oysaki tüm bilirkişiler içimizdeki çocuğu büyütmememizi öneriyor. Kimse aslında bir bok bilmiyor. Yapmak istemediklerimizi yaptığımız bir dünyadayız. Yapmazsak şizofreniz. Yaparsak sıradanız. İşte benim gibiler aradaki ince çizgide yaşıyor. Düzene uymakla, düzeni bozmak arasında gidip geliyor. Ama en azından yaşıyor. Başkalarının koyduğu kuralların kendi kuralları; başkasının kurduğu hayallerin kendi hayalleri olmadığını anlıyor. Anlıyor da ses etmiyor. Şimdilik böyle gerekiyor."

Liseden bir arkadaşım haber verdi bir gün bana. Türkiye'deki varlıklı kanser hastaları, Amerika'nın Houston şehrindeki dünyanın en büyük kanser hastanesine tedavi olmak için gidiyorlarmış ve tercüman ihtiyaçları oluyormuş. Amerika'ya gitmek istediğimi biliyordu. Ben ise maddi imkânsızlıklar yüzünden hiç gidemeyeceğimi. Seyrettiğim filmler sayesinde tüm sokaklarını, köprülerini, yol işaretlerini ezberlediğim o ülkeye gitmek en büyük arzumdu ve ben bir bankada işe başlamak üzereyken eşyalarımı toplayıp Amerika'ya gidecek kadar büyüdüğümü düşündüm. Gittim de. Oysaki büyümediğimden gitmişim. Hayallerimin peşinden gidecek kadar cesaretim yok sanki artık benim çünkü toplumun sığ kurallarına uymayı, ben büyürken mecburen öğrendim.

Yirmi üç yaşında, acı çeken insanlara, Amerikalı gerçekçi ve dobra doktorların söylediklerini tercüme ederken başladım insanları üzmemek için yalan söylemeye ya da gerçeği gizlemeye. Çok erken öğrendim başkalarının acısını hafifletmek için acı çekmeyi. Ah o kör olası empati.

"Sonradan anladım; başkasının kaldıramayacağından korktuğumuz ve yüklendiğimiz her gerçek, gün geliyor bizim boynumuzu eğiyor.
Biz eğildikçe, biri gelip yeni bir yük ekliyor.
Sonunda anlaşılamadan anlayan, düşünülmeden düşünen, sevilmeden seven ve başkaları tarafından keşfedilmeyi beklediği için kendini keşfedemeyen insanlar oluyorduk. Sonra bizi keşfedemedikleri için onlara kızıyorduk.
Oysaki biz, onların ne düşündüğünü, ne hissettiğini, ne istediğini anlamaya çalışırken yok oluyorduk.
Bizi neden anlasınlar ki?
Ortada anlaşılacak kişi bıraktık mı ki?"

Oysa sen beni anlardın. Anlatmanı isterdim; sen bana sorardın. Susmak isterdim, anlattırırdın. Seni hissetmek isterdim. Öyle öğrenmiştim.

Yoksa çeker giderdin. Bedelini ödemeden hiçbir şeyi hak edemezdim. Sevmen için sebepler vermeliydim. Sebepsiz sevilemezdim. Dinlemeliydim, anlamalıydım, vermeliydim, sevmeliydim. Kendimi gizlemeliydim. Zaten kim olduğumu da sen gelene kadar pek bilmezdim. Sen bana beni sormasaydın da hiç öğrenemeyecektim. Sana kendimi anlatırken tanıdım kendimi.

Geç anladım ama çok güzelmişim.

Tek şeyi anlamam hâlâ; niye gittin?

Senden sonra gelen herkes bana daha güzel olmam gerektirdiğini hissettirdi. Bu gereklilik seni bana daha da çok özlettirdi.

Senin güzel tenine, güçlü kollarına, tertemiz kokuna, sevişirken bencil olmamana, yanında rahat olmaya o kadar alışmıştım ki, senden sonra sana benzeyen bir bedene, senin ruhunu sıkıştırdım. Sandığım ruh, bedenine büyük geldi sanırım. Hâlâ bilmem, beni sevmeye başladığını düşündüğüm o adamın benden niye uzaklaştığını. Söylediklerinde sorun yoktu. Bu sebeple hiç güvenmem zaten kelimelere. Hissettirilendir ikili ilişkilerde insanı çıkmaza sokan. Sevişirken saçının okşanmaması, gözlerine bakılmaması, yanındayken yanağından bir makas alınmaması, nasılsın diye sorulan bir mesaj aldığında cevabının merak edilmediğini anlamak, üşüdüğünde yanındakinin sarılmaması, güldüğünde birlikte gülünmemesi, ağladığında ise; ne ağlaması, ağlayamamak. Yanında kendin olamamak, karnını içeri çekmek, makyajım aktı mı acaba diye düşünmek, koltuk altlarındaki çatlakları gizlemek için onun yanında uzun kollu giymek... Bir kelimeye gerek yok sevilmediğini anlamak için. Kendi yaptıklarına baksa anlar insan.

O adam dizkapaklarımda çıkan birkaç tüyü görmüştü birlikte güneşlenirken. O gün bitti kısacık maceramız. Ruhumu görmek istemeyen, tüyümü göremezdi. Sen hiç görmemiştin. Yine de gitmiştin. Gören nasıl kalsındı ki? Neden zaten böyle bir adamın yanında kalmasını istersin ki?

"Keşke daha güzel olsaydım diye düşünen
her kadının geçmişinde
bunu ona hissettiren sığ bir âşık, sığ bir dost
ya da toplumun ta kendisi vardır...
Keşke daha akıllı olsaydım diyen bir kadın yoktur.
Çünkü akıl talep görmez...
Aptallık, bu toplumda şişmanlık kadar eleştirilmez.
Bu sebeple günümüzde kırışıklık karşıtı icatlar çoktur
ama zekâ geliştirmeye çalışan mucit yoktur..."

Yanlışlıktan değil, yalnızlıktan...

Amerika'dan döndükten sonra bankada çalışamayacağıma inatçı beynim beni iyice inandırdığı için iş aramaya başladım. Yine bir arkadaşımın yardımıyla Amerikalıların yönettiği bir spor kulübünde halkla ilişkiler yapmaya başladım. Çok mutluydum. Hem para kazanıyordum, hem yeni insanlarla tanışıyordum, hem de çok sevdiğim İngilizce dilinde toplantı yapıyordum. Saçlarımı kısacık kestirmiştim. İstediğim ojeyi sürüyor, istediğim pantolonu giyiyor, istediğim aksesuvarı takıyordum. Çünkü hâlâ çocuktum.

Kulübün üyesi olan yaşıtım genç kızlarla dışarı çıkıyor, sohbet ediyor, birbirimize yakışıklı üyelerden hayali sevgililer ayarlıyorduk. Herkesin hayran olduğu uzun boylu, kumral, üçgen vücutlu, sanatçı ruhlu bir çocuk vardı. Merhabalaşırken bile içim erirdi. Şimdiki gibi değildim o zamanlar. Beynim kalbime çok söz geçirmezdi. Hatta itiraf ediyorum, kalbim beynimin konuşmasına bile izin vermezdi. Kalbim o yakışıklı ve duygusal çocuğu seçti. O da beni seçmiş olmalı ki bir akşam yemeğe davet etti. Sonra da bir daha aramadı. Uzun dönem askerlik yapacağı için kimseye bağlanmak istemediğini çok sonraları öğrenecektim. Askerden döndüğünde ise mesafeli arkadaşlığımız başladı. Çok nadir de olsa telefon açıyordu ya da mesaj atıyordu. Anlayamıyordum bu mesafenin sebebini. Sonra babası öldü. Cenaze evine taziyeye gittim. Çıkışta arabama binmeden beni durdurdu ve evlenme teklif etti. Maddi sorunlar yaşadığı için benden uzak kalmak istediğini ama ölüm döşeğinde, babasının son isteğinin benimle bu konuşmayı yapması olduğunu söyledi.

İlk öpüşmemizi hatırlıyorum da...

Cenaze evinin önünde, benim arabamda, gözyaşları içinde.

O, babasına ağlıyordu muhtemelen. Ben ise dört sene sonra, beni öpmesini her gece hayal ettiğim adamın beni nihayet öptüğüne. Onun için bu öpücük, babasının acısını dindirmeye yarıyordu belki de ama benim için cennete gitmekle aynıydı. Oysaki ölen onun babasıydı.

Evlendik. Yirmi sekiz yaşındaydık. On ay geçti. Kocam kansere yakalandı. Bu kez gerçekçi, acımasız ve dobra doktorlar Türkçe konuşuyordu ve acı gerçekleri kendi dilinde gizlemek, üstün çaba gerektiriyordu. İki ay ömür verdi yüzü hiç gülmeyen onkolog:

"Kemoterapi ve radyoterapiye cevap vermezse iki ay ömrü var. Ameliyat edilmesi ise imkânsız."

On aylık evliydim. Tam eş olacaktım, tam anne olacaktım ki hemşire olmak zorunda kaldım. Hem de hastasını çok seven, o acı çekince ağlamak isteyen ama hep gülümsemek zorunda olan bir hemşire. Beş yıl geçti hastanelerde. İyileşti. Beş yıl daha bekledim "eş" olabilmek için ama olmadı. Hastabakıcı rolüm üzerime yapışmıştı. Dinliyordum, anlıyordum, yardım ediyordum, yoktan var ediyordum, mutlu ediyordum ama gücümün boyumu aştığını ona söyleyemiyordum. Onun da suçu yoktu. İlgime, şefkatime, iş bitiriciliğime kendini teslim etmişti.

> Böyledir iyilik.
> Veren verdiğini, alan aldığını anlamaz.
> Veren, vermekten yorulunca
> ya da alan kanıksayınca biter.
> Terk edenin kim olduğunu
> önce kimin yorulduğu belirler.
> Terk edene kötü demek yanlıştır bu yüzden.
> Bozuk bir dengeyi bozup gidene
> sadece teşekkür etmek gerekir.
> Çünkü terk eden,
> yanlışı, terk edilenden önce hissetmiştir.

İşte böyle bitti.

Ben vermekten yorulunca. Tam on sene sonra. Otuz sekiz yaşında, bilimkurgu filmlerinde dondurulan ve yıllar sonra buzları eritilerek hayata tekrar başlaması beklenilen, o yeni hayatta da, teknolojik ve sosyolojik tüm değişimleri şaşkınlıkla keşfeden ve adaptasyon güçlüğü çeken oyuncular gibi hissettim. Tam on dört sene bir adamı sevmiştim ya da sevdiğimi sanmıştım ve on dört sene içinde dünyanın ne hale geldiğini kaçırmıştım.

Dokunmak istediğine ve dokunamadığına âşık olunan bir dönemin kadınıydım. Bir aşk için yıllarca bekleyecek kadar sabırlıydım. Anne evinden, koca evine gitmiş ve yıllarca hiç yalnız kalmamıştım. Şefkat gösterdiğim ama şefkat göremediğim bir evlilikte kadın olduğumu bile anlamamıştım. Fatura ödeyen, maaş hesaplarını kontrol eden, market alışverişini yapan, sağlıklı yemekler hazırlayan, eşinin kanser olduğunu ona hiç hatırlatmayan, tanıdığım en cengâver savaşçıydım. Savaşırken aşkımın bittiğini anlamamışım. Ne kadar güçlü olursam olayım; hormonlar mı, filmler mi, romanlar mı bilmem, bana güçsüz olmayı özlettirdi.

Sanki âşık olmam için saçımın okşanması ve "Ben varken sana bir şey olmaz..." denmesi yeterliydi. Büyüdükçe içimdeki çocuğu zapt edemez hale gelmiştim. Facebook'tan bana yazan ilk güzel adama gönlümü açtım. Uzaktaydı. Uzaktan daha kolaydı. Başka ten tanımaktan korkuyordum. Sadece âşık olmak istiyordum. Âşık olmam ise sanki yanağımdan bir makas alınmasına, bir sırt sıvazlanmasına bakıyordu. Bir ay konuştuk o adamla. Konuşurken dokunmak istedim sonunda. Kavuşmazsan aşk, kavuşursan meşk olur derler. Kavuşamadığım için âşık oldum sosyal medyadan bana yazan ilk güzel adama. Bir ay sonra gelmeye karar verdi. Görüşecektik. Çok mutluydum. Kuaföre gittim. Boşandıktan sonra ilk kez güzelleşmek için çaba gösterdim. Heyecanlıydım. Sözleştiğimiz kafeye gittim. Geç kaldı. Aradım. Açmadı. Gelmedi ve bir daha hiç ulaşamadım. Aslında bir daha hiç aramadım ama hiç de aranmadım.

Buzlarım eridi ve ben aşkın yok olduğunu anladığımda tekrar dondurulmak istedim.

Yönetmen gitmişti.

Ekip, seti terk etmişti ve ben en büyük yalnızlığımla baş başa kalmıştım.

Üstelik yalnızlıktan çok ama çok korkardım.

"Kadın öyle kolay karar vermez gitmeye.
Soluna bakar önce.
Kırık çıkık var mı?
Yaralarını bir bir yoklar.
Kapanmış mı yoksa daha fazla kanamış mı?
Kol kanat gerilsin diye beklerken kolu kanadı koparılmış mı?
Güçsüzlüğünden ya da gücünden utanmış mı?
Sessizliği de sesi de duyulmamış mı?
Verdiklerinin yerine koymak istediği huzur
elinden alınmış mı?
Defalarca affettiklerini tekrar tekrar yaşamış mı?
Midesindeki kelebekler kanat çırpmayı bırakmış mı?
Kadın öyle kolay karar veremez gitmeye.
Gitti mi tek yol vardır çünkü.
Dönüp de bakamaz geriye.
Ruhunu bedenine katar ve yüzünü döner geleceğe.
Yönünü ise kendisi belirler:
İleriye, sadece ileriye..."

> Şimdi anlıyorum. Evde güveneceğim biri varmış.
> Sadece ben,
> aynada kendisine yeterince bakmamışım.
> Nasıl mı anladım?
> Mecbur kalınca.
> Mecburiyet öğretir zaten her şeyi insana.
> Kafasına vura vura...

Kredisini ödemekte zorlandığım yeni evime yerleşirken anladım geceleri yalnızlığın daha çok koyduğunu. Gün içinde, işyerinde uğradığımı sandığım haksızlıklar, geceleri eve geldiğimde şikâyet edebileceğim kimse olmadığı için beni bana söyletti.

Kendi kendine konuşunca, insan çok dolduruyor kendisini. Gitgide daha fazla hırçınlaştım.

Tahammülsüz, sabırsız, iyi niyetsiz ama özgürdüm. Hiçbirinden korkmadım da özgür olmaktan çok korktum. Yükler istedim kendim için tekrar. Birisi için yemek hazırlamak, birinin gömleğini ütülemek, birinin cep telefonu faturasının son ödeme tarihini hatırlamak...

"Böyledir alışkanlık. Neye alıştığınızın bir önemi yoktur.
Sigara gibi.
Öldüreceğini bilirsin ama vazgeçemezsin.
İşte bazen de birinin sırtına yüklediği ağırlıklara alışırsın ve altında ezildiğin o ağırlıklar gittiğinde koşacağını sanırsın ama onlar gidince ayakta duramazsın.
Çünkü insansın.
Kötüye bile alışırsın."

Evinde sevdiğin biriyle yaşarken, çevreye uyum göstermek kolay olur. Çevre dediğin insanlar ve mekânlardan bıktığında, yorulduğunda ya da rahatsız olduğunda, evine gelirsin.

Güvene.

Sevgiye.

Yalnız kaldığında ise çevreye uyum göstermek çok zordur. Yorulduğunda, sıkıldığında, bıktığında eve geldiğinde sarılacağın, seveceğin, güveneceğin biri yoktur ve sırf bu yüzden çevrenin her getirdiğine razı olursun.

Şimdi anlıyorum. Evde güveneceğim biri varmış.

Sadece ben, aynada kendisine yeterince bakmamışım.

Nasıl mı anladım?

Mecbur kalınca.

Mecburiyet öğretir zaten her şeyi insana.

Kafasına vura vura.

Eve giremiyordum. Otuz sekiz yaşında, ilk kez yalnız yaşıyordum. Öyle böyle değil. Kitap okuyamıyor, müzik dinleyemiyor, televizyon seyredemiyor, misafir ağırlayamıyor, çünkü eve girmek, evde olmak, evde kalmak istemiyordum.

O evin benim olduğunu hayal etmiştim uzun yıllar oysaki. Aslında o evi değil, kendimi güvende hissedeceğim bana ait olan herhangi bir evi. Sürekli düşlediğim o evi, nasıl ödeyeceğimi bile bilmediğim bir krediyle nihayet satın almak ve sonra o evde kalamamak...
Müthiş bir ikilem, değil mi?

"Hayalini kurduğun şeyler gerçekleşmediğinde yaşadığın üzüntü, üzüntülerin en güzelidir.
Çünkü o hüznün içinde hâlâ bir umut gizlenmektedir.
Kurduğun hayalin bir gün gerçekleşme ihtimali, umudunu yitirmeni engellemektedir.
Oysaki hayalini kurduğun her şey zamanla, peşi sıra gerçekleştiğinde hâlâ mutlu olamamak en zorudur.
Hayat sana mutluluğun, 'hayalini kurduklarının gerçekleşmesi' olmadığını çok acı bir şekilde öğretir.
Mutlu olmak için hayal kurmak yeterli değildir.
Doğru hayali kurmak çok önemlidir
ve ne yazık ki mutluluğun bir eşyayla olan ilişkisi
mum alevinin nefesle olan ilişkisi gibidir.
Yok edicidir..."

Dışarıda durdum ben de. Sohbetini sevdiğim insanların sohbetinden sıkılacak kadar hem de. Beni tanıyan insanlardan kaçmaya başladım sonra. "Neden bitti?" diye sorduklarında verdiğim ezber cevaptan kendim bile sıkıldığım için.
Neden değerler insanlar acıyı, ayrılığı, yalnızlığı?
Bunu hâlâ çözemedim.

Neden bitti diye soranların hiçbiri, neden başladı demezler? Çünkü insanlar başlangıçları, mutluluğu, başarıyı dinlemeyi sevmezler.

Ya da benim tanıdığım insanlar öyleydi.

Ya da ben insanlara karşı o kadar tahammülsüzdüm ki, öyle olduklarını düşünmek istedim.

Atasözlerine sığınıp can yakmamak lazım.

Dost acı söylemez kardeşim.

Dost dediğin acını bal yapar, yutar...

Dostumu söylersem bana kim olduğumu da söylemeyin.

Acı söyleyeni dost sandıysam ben, kim olduğunu söylesem neye yarar?

"Yaşamadığınız, sınanmadığınız, yorulmadığınız acılar hakkında tek kelime etmeyin.
Yaşarsınız, sınanırsınız, yorulursunuz..."

Sen gelene kadar ben, kendim dahil hiçbir insanı sevmedim. Sen beni sevince, ben senden başlayarak bütün insanları çok sevdim. Senden başladım çünkü beni sevilmesi en zor zamanımda sevdin. Öyle küs, öyle öfkeli, öyle umutsuzdum ki, beni bugün sevsen yok değeri. O gün sevdiğin için aşkın, bu kadar değerli.

Güzeli sevmek o kadar kolay ki.

Oysaki çirkinin ardındaki güzeli görmek, zorlayarak ortaya çıkarmak, çirkini güzel olduğuna inandırmaya çabalamaktır gerçek sevgi. Ortaya çıkan güzel, çabalandığı için bilir güzelliğinin değerini. Ve hep çabalar sevildikten sonra, ortaya çıkarmak için tüm çirkinlerin içindeki güzelliği.

Sen gittikten sonra çok çabaladım. Oradan biliyorum. Sadece çirkin olanlar da varmış ama hayatta. Ya da onların güzelliklerini ben çıkaramadım ortaya.

Ama en azından bir daha hiç çirkinleşmedim.

Çünkü sen beni ömürlük ve çok güzel sevmiştin.

Sen hayatıma misafir olana kadar, yalnızlığı sevemediğim için ruhumu, bedenimi, geçmişimi, hayallerimi hak etmeyenlerle paylaştım.

"Yalnızlıktan tutunuruz yanlışlara.
Tutunmayın...
Yanında birisi olanı ise çok da kalabalık sanmayın...
Bir el tutmak, bir kalbe dokunmak değildir.
Yüreğimiz dağlanmasın diye tutamadık biz çoğu eli...
Yalnızlığı yanlışlara tercih ederken
yorulup da yeni bir yanlışı kendinize yoldaş yapmayın...
Yoksa ruhunuza bir faydası
bir el tutmak için yüreğinizi yaralamayın...
Zıvanadan çıkın ama yolunuzdan çıkmayın...
Evdeki perdeye, bahçedeki kertenkeleye bağlanın
ama yanlış insana bağlanmayın..."

Aşka âşıktım oysaki. Tanıdığım her yüzde, her bedende, her sözde aşkı aradım. Aşksızlığa sabretmek yerine tahammül ediyordum. Yanlışları doğru sanmalarımın da sonu geliyordu yavaş yavaş. O kadar alışmıştım ki yanlışlara. Doğru gelse bile göremezdim artık. Önce insanlar, sonra da hayaller tükendi benim için. En kötüsü de umut etmekten vazgeçtim.

Birileriyle tanışıyordum. Bazen bir restoranda, bazen bir arkadaşımın vasıtasıyla, bazen de sosyal medyada. Her tanıştığımda seni arıyordum. Seni değil de, seninle olanı. Üstelik henüz seni tanımadan...

Bazen tanıştığım kişi gelmiyordu peşimden. Ben de gidemezdim kimsenin peşinden. Fıtratım bu benim. Bana âşık olunmadan âşık olmayı hiç bilemedim ya da öğrenemedim. İzlediğim filmlerde de böyleydi. Erkek isterse, kadın nazıyla onu canından bezdirse bile onu elde etmenin bir yolunu buluyordu.

"Kendisi kaybeder..." diyordum içimden onlara. Ya da bana öyle diyorlardı. Peşinden koşmuyorsa kendisi kaybeder. Teselli takımı diye adlandırdığımız arkadaşlar, komşular ve aile bireylerinin, gururu kırılan bir dosta verebildiği en büyük ilaçtır bu cümle. Antibiyotik etkisi yapar. Üstelik reçetesiz verilir.

En çok gelmeyenlere değil de, gelip de kalmayanlara kızıyordum ama. Bir gülüşle, bir mesajla, bir sözle çalınmaya meyilli yüreğimi çalıp da geri vermeyenlere.

> Aşk acısı için terk edilmek,
> aldatılmak,
> şiddet görmek lazım değildir.
> Verdiğin değeri görememek de yeterlidir.

Yanlışlıktan değil, yalnızlıktan...

Herkesin yanlış ve kötü olduğunu düşünüyordum sen geldiğinde. Öyle büyük kötülükler de yaşamadım sen gelene kadar. Herkes kendi aşk acısını çok özel sanır ve yaşadığı sıradan bir acının, sadece kendisine ait olduğuna inanır.

Oysaki sevdiklerimizin ölümünü bile gördüğümüz ve kanıksadığımız bir dünyanın kısa süreli misafirleriyiz. Yatıya bile kalmayacak kadar geçiciyiz. Sonra utanmadan aşksızlıktan, sözsüzlükten, yalnızlıktan acı çekeriz.

Yalnızlık bir insanı ne kadar acıtabilir ki?

Derdini, sıkıntısını, tasasını, elemini, kederini sadece kendisinin sanan insanlar acır.

Sığ insanlar.

Her iyiliğe anlam yükleyip, her kötülüğe şaşıranlar.

İnsanın sızladığı her yer, herkesin aynı yerden sızladığını anlayınca daha az acır.

Yine de zordur idrak etmek.

Birine bin anlam yüklersin, sonra aynı anlamın sana yüklenmesini beklersin.

Aşk acısı için terk edilmek, aldatılmak, şiddet görmek lazım değildir.

Verdiğin değeri görememek de yeterlidir.

"Yaptıklarıyla kırmazlar sadece yürekleri...
Yapmadıklarıyla kırarlar çoğu zaman.
Yaptıklarıyla suçlanmaya alıştıkları için
yapmadıklarıyla itham edilmeyi pek anlamaz onlar...
Yapılanlardan çok, yapılmayanlar acıtır beni...
Çaba gibi, kelam gibi, özen gibi...
Hatta bazen sevgiden taşan minicik bir sitem gibi..."

İşte böyle kırdılar beni, senin geldiğin o güne kadar.

Yaptıklarıyla değil, çoğu zaman yapmadıklarıyla.

Şimdi ise benim için yapılanlara anlam yüklememeyi öğrendiğimden, yapılmayanlara da takılıp kalmıyorum.

İyilik ya da kötülük yok, inandığım kavramlar arasında bu yüzden.

Beklemediğin iyiliğin, kötülüğü de gelmiyor zaten.

Yani şaşırmıyorum artık ve en çok buna içerliyorum.

Bir zamanlar en sevdiğinin, bir gün en nefret ettiğin olduğunu defalarca tecrübe ettiğin bu dünyada, şaşırmamayı öğretiyor hayat sana.

Oysa ben hep şaşırmak istiyordum ama senin gidişinle değil...

Madem gidecektin niye geldin? Gelmek için neden o kadar ısrar ettin?

İşyerimdeydim. Boşanma sonrası yalnız kutladığım ilk doğum günümde, koca bir şişe şarabı tek başıma içtikten sonra alkollü araba kullanırken trafik memurları tarafından durdurulmuştum. Ehliyetime altı ay boyunca el koymuşlardı.

Yanlış yapmıştım. Kendimi çok azarladım. Şimdi olsa azarlamazdım.

Yanlışlık değildi o çünkü.

Yalnızlıktı.

Tasarımcı bir arkadaşım, çatı katındaki şık ofisimde beni ziyarete gelmişti. Bir tekstil markasının kurumsal iletişim müdürüydüm o zamanlar. Yaşadıklarımı anlattım ona.

Kendime bakmadığımı, sağlığımı, hem fiziksel hem de ruhsal olarak kaybettiğimi, yaptığım yanlışlık yüzünden araba kullanamadığımı ve önümüzdeki altı ay boyunca kendime çok iyi bakıp bambaşka bir kadın olmak istediğimi söyledim.

Bana kanunlar tarafından verilen ceza süresini kendime yatırım yaparak geçirecektim.

Şehir merkezine uzak oturduğum için arabasız fazla bir yere gidemezdim.

Sitemizin spor salonunda her akşam spor yapmak istediğimi ve beni çalıştıracak bir hocaya ihtiyaç duyduğumu söyledim arkadaşıma. Bana seni tavsiye etti. Bir arkadaşı senden ders almış ve çok memnun kalmış. Milli sporcu olduğunu, genç olmana rağmen empati yeteneğinin yüksek olduğunu ve insanları çok iyi motive edebildiğini söyledi.

Seni aradım. Özel ders almak istediğimi ve Bahçeşehir'de oturduğumu söyledim. "Hiç fark etmez, yeter ki istekli olun..." dedin ve biz birlikte spor yapmaya başladık.

Taze dul olduğum için çevremdeki insanlar bazen beni birileriyle tanıştırmak istiyordu. Artık vazgeçtiler. Birileriyle kahve içmek ya da yemek yemek için çıkıyordum dışarıya seninle spor yaptıktan sonra. "Sakın akşamları karbonhidrat yeme!" derdin. Beni sıkı sıkı öğütlerdin. Arada beni kontrol etmek için mesaj atardın. Gülümserdim.

Bir akşam İtalya'da mimarlık okumuş zengin ve yakışıklı biriyle tanıştırmak istedi arkadaşlarım beni. Ders bitiminde "Dua et..." dedim sana. "Bu sefer elektrik alayım. Yine varlığıyla, yetenekleriyle, kültürüyle, eğitimiyle *fazla* olduğunu düşünen ve her sözünde, her hareketinde buram buram *ego* kokusu yayan bir adam olmasın." Gülümsedin. Biraz buruktu gülümseyişin. "Umarım hak ettiğin değeri sana veren ve kendinden çok senin iyiliğini düşünen biridir..." dedin. "O adam seninle bir kahve içecek kadar bile olsa seninle geçireceği vakte şükretmiyorsa şans verme. Yani ne kadar şanslı olduğunu bilmiyorsa."

O gece, sadece kendini bana anlatan bir adamın yanından kalkıp eve geldim. Sana mesaj attım. Yediklerimi içtiklerimi yazdım her zaman olduğu gibi. "Kolum ağrıyor..." dedim. Hemen beni aradın. Oysaki o adamla yemekteyken de kolum ağrıyor demiştim ama adam oralı olmayınca derdimin hafife alınmasına çok alıştığım bir hayat yaşadığımdan tepkisizliğini umursamamıştım. Panik içindeydi sesin. "Neyin var?" diye sordun. "Umarım sakatlanmadın. Hemen buz koy omzuna ve kendini sakın zorlama."

Seninle saatlerce konuştuk o gece. Çocukluğumu anlattım. Çocukluğunu anlattın. Güven doluydu sohbetin. İçim ısındı, kolumun ağrısı geçti ve uyuyakaldım. Oysaki bilirsin, ben hiç bu kadar kolay uyuyamazdım.

Ertesi gün derse geldin. İki aydır birlikte spor yapıyorduk. İncecik olmuştum. Mutlu, sağlıklı, huzurluydum. Bana iyi geliyordun. İkinci ayın ödemesini bir zarfın içinde uzattım sana. Geri çevirdin. "Nasıl yani? Neden almıyorsun?" diye sordum. "Artık paranı almayacağım, çünkü sana âşık oldum..." dedin.

Zorla verdim parayı ve bu şartlar altında seninle bir daha çalışamayacağımı söyledim. Bu duyguyla bana gelmeni kabul edemezdim. Sessiz kaldın. Günlerce beni aramadın. Ben spor yapmaya ve sağlıklı yaşamaya devam ettim ve bana huzur veren varlığını da içinde barındıran düzenimi bozduğun için çok kızgındım sana.

Bir akşam işten geldim ve spor kıyafetlerimi giyip sitenin spor salonuna gidecektim. Kapımda kocaman bir oyuncak ayı gördüm. Ayının ellerine bir çift spor eldiveni giydirilmişti. Kucağında bir gül ve bir de kapalı zarf vardı. Zarfı açtım ve içindeki notu okudum:

"Spor yaparken bu eldivenleri giy. Çünkü senin ellerin acıdığında, benim yüreğim acıyor."

Hayatımda bir daha beni bu kadar mutlu edecek bir hediye almadım. Alamam da. Çünkü o hediyede *düşünce*, harcanmış *zaman* ve *çaba* vardı. Bana sonradan verilen hiçbir hediye, bir daha üçünü birlikte barındırmadı.

Seni aradım. Çok duygulandığımı söyledim. Keşke daha fazla şey söyleyebilseydim. Bana âşık olduğunu tekrar tekrar söyledin. Hiç korkmadan. Beni telefonuna "güzel yüzlüm" diye kaydettiğini ve benimle birlikte yaşlanmak için her şeyi yapacağını söyledin.

"Sorun da bu..." dedim. "Ben yaşlanacağım ve sen büyüyeceksin. Bu işin bir de matematiği var. Anlık duyguların esiri olamazsın. Geçici hisler bunlar. Bana güven."

"Asla!" dedin. "Asla böyle düşünemem. Sen kendi yaşıtın biriyle birlikte olmak istiyorsun belki ama düşünsene, sen yaşlanınca o da yaşlanacak, oysaki ben senden daha genç olduğum için Allah ikimize de ömür verirse, sen yaşlanınca ben sana bakacağım. Seni o kadar seviyorum. Hayatımda tanıdığım en güzel yüzlü ve en güzel yürekli kadınsın sen. Senden başkasını artık sevemem. Bana şans ver. Yarın geleyim, yüz yüze konuşalım."

Ertesi sabah hastanede kanser tedavisi gören teyzemi kaybettik. İkindi namazında kalktı cenazesi. Seni aradım. Görüşemeyeceğimizi ve eve geç gideceğimi söyledim hıçkırıklar içinde. Başkalarına ağlayamazdım ben ama sana akıtabildim gözyaşlarımı. Koşulsuz sevildiğimi bilmenin güveniyle. Gece eve çok geç döndüm ve kapıda bu sefer de içinde sporcu beslenmesi için gerekli her türlü malzeme bulunan market poşetleriyle karşılaştım. Yine bir not vardı:

"Üzüntün sebebiyle kendine bakmayı ihmal etme. Bu poşetlerde bu hafta yemen gereken her şey var. Ne zaman istersen yanındayım."

Zaten yanımdaydın.
Ertesi gün geldin yanıma. Sarıldın ve göğsünde uyuyakaldım. Sonraki iki sene boyunca o göğsün benim evim, yuvam, huzur dolu yastığım oldu.

> Hatalarımdan çok,
> yaptıkları şey
> yanlış bir sonuca varmadı diye
> doğruyu bildiklerini sananlarla sınandım.

Yanlışlıktan değil, yalnızlıktan...

Tam dört sene oldu. Altı sene önce, ben de bir başkasından gitmiştim aslında. Evliliğimi bitirmiştim.

Bak, o toparladı, giden ben olduğum halde. Belki de gittikten sonra bile nerede ve nasıl olduğumu hep bildiği içindir. Arada bir sesimi duyabildiği, yüzümü görebildiği, haber alabildiği içindir.

Ben ise seni bir kez bile görmedim. Görmek bir yana, kötü haber tez duyulur bilgi ve öğretisiyle ölmediğini hissetmek dışında yaşadığına dair hiçbir kanıtım da yok benim. Aynı şehirde hatta aynı evde, iki sene birlikte yaşayan iki insan, bir diğeri gittikten sonra, onu bir daha nasıl görmez ki? Görmedim işte. Haber bile almadım. Teknolojinin ve ulaşılabilirliğin en ileri seviyede olduğu bu yüzyılda, ortadan ne kadar kaybolabilirsen o kadar kayboldun.

Senin gittiğini anladıktan ve eşyalarının olmadığı giyinme odasında saatlerce titredikten sonra, telefonunu çevirdim ellerim titreyerek ve duyacağım hiçbir açıklamanın beni teselli edemeyeceğini bilerek.

"Aradığınız numara kullanılmamaktadır..." dedi o robotik kadın sesi.

Daha fazla acı çekmenin mümkün olmadığını düşündüğüm o anda, bu denli planlanan bir gidişin daha da fazla acıtabildiğini anladım. Anladım, çünkü bu kez öleceğimi düşünmedim. Bizzat ölmeyi istedim. Senin şerefsizliğin, benim yaşamımın sonu olmayı hak edecek kadar büyük olabilir miydi? Acıdan aklını yitiren ve bir daha hiç mutlu olamayacağını hisseden biri için ölüm, yaşamaktan daha kolay geliyordu işte. Ne saçma.

Oysaki her gidişte aynı acıyı çeker terk edilenler. Terk edenin gidişindeki şerefsizliği, bir diğerinin yaşam sevincini beraberinde götürür.

Bir taksiye binerek, benimle birlikte olmadan önce annenlerle birlikte yaşadığın eve gitmem gerektiğini düşündüm. Araba kullanamayacak kadar titriyordum. Yolda annenin ve babanın telefonlarını çeviriyordum. Delirmiş gibiydim. İki numara da kullanılmıyordu. Benim arkadaşlarım, zaman içerisinde senin arkadaşların olmuştu ve beni bir tek arkadaşınla bile tanıştırmamıştın. Hatta benimle birlikteyken onları görmeyi de bırakmıştın. "Benim çevrem sana layık değil..." derdin tanışmak istediğimde. Ben bu şekilde gidecek olsam bana ulaşabileceğin birçok insan vardı çevrende. Sen bu şekilde gittiğinde anladım ki ben sadece anneni ve babanı tanımışım. Sosyal medya hesaplarından ulaşmak istedim sana. Hepsi kapanmıştı. Neden bu kadar planlıydın?

En son üç ay önce birlikte geldiğimiz Sarıyer'deki apartmanı zar zor buldum. Hiç yön mefhumum olmadı benim, bilirsin. Zile bastım. Açan olmadı. Komşularınızdan birinin ziline bastım. Kapı açıldı. Annenlerin nerede olduğunu sordum, bir ay önce memleketlerine taşındıklarını öğrendiğimde apartman kapısının önünde tekrar çöktüm. Aslında yol boyunca geçen sürede hiç ayağa kalkamamıştım.

Taksi şoförü su aldı benim için daha önce seninle birlikte uğradığımız ve senin çocukluğunu bana dakikalarca anlatan mahalle bakkalınızdan.

Bir yudum içtim zorla. Taksi şoförünün emeğine ve düşüncesine saygıdan. Ben gerçekten adam olmam. En derin acımda bile karşısındakini düşünen yanım var ya. Hep o yanımdan beni yaraladılar. Geri kalan suyla yüzümü yıkadı komşular.

Küçük mahallelerin güzelliği bu işte. Bir anda tüm mahalleli çevremde toplandı. Benim yaşadığım sitede böyle bir acıyı yaşasam kimsenin haberi olmazdı. Taksi şoförü ile birlikte tüm hikâyemizi dinlediler. Beddualar havada uçuştu. Daha iyilerine layık olduğumu söylediler. Bir tek onlara yalansız anlattım gidişini, yaşadığım depremin ilk şokuyla. Sonra herkese ayrı bir yalan söyledim, sanırım artçıların gitgide şiddetini azaltmasıyla. Zamanla sadece hafif hafif sallanmaya başladım ve ona bile alıştım. Verdiğin acıyı değil, yaşattığın aşkı hatırlamaya başladım. O bile hep bir acı verdi. Vermez mi?

Yaşadığımız sitenin yetersiz spor salonunda yanımdaki koşu bandında yürüyen o nemrut suratlı yaşlı adamı da haklı çıkardın. En çok buna kızıyorum. Çünkü sen gittin ve ben o adamı hâlâ görüyorum ve adam hâlâ haklı. "Gidecek..." demişti. "Senden genç olduğu için her şeyi senden öğrenecek, seni sömürecek ve sonra gidecek." Sana şikâyet etmiştim. Çok kızmıştın.

Ben de çok kızdım. Neden o kadar sinirlendim bilmiyorum. Çok güvendiğim sevdamıza birileri hiç güvenmedi diye mi? Herkes onun kadar açıksözlü değildi. Sadece hissettiriyorlardı ama o yaşlı adam, koşu bandında ter atmak yerine bana zehirini akıtırken çok emindi kendinden.

Selam bile vermiyorum artık ona. Haklı çıktığından değil, o haklı çıkana kadar yaşayacağım tüm umut dolu hayallere çomak soktuğundan.

Aşkı kursakta bırakmak da, kul hakkı yemek gibi günah olmalı. Ne yaşarsak yaşayalım, yaşadığımız sürece yüreğimizde yaşadığımızın arkasında duracak kadar güç olmalı.

Ya o gün ölseydim? Ben seni sevdiğimle kalacaktım; yaşlı adam ise beni üzdüğüyle.

Peki ya sen?

Apansız gittiğin güne kadar hiç şüphem olmadı sevginden.

O gün ölseydim; sanki ölürdün sen de.

Ama o gün ölmediğim için, biliyorum artık; yaşasam da ölüyüm sende.

"Kötü haber tez yayılır..." dedikleri için umut ediyorum bir yerlerde nefes aldığını.

Aldığını umduğum nefesin bana bir yararı yok, bakma...

Sana tekrar kavuşabilmek değil derdim.

Sadece gidişine hiç anlam veremediğim için bir gün karşılaştığımızda sormak isterim:

"Be insafsız, be şerefsiz, neden gittin?"

"Yanlış yapıyorsun..." diyenler haklı çıktı diye, yaptığımı yapmaktan vazgeçtim bir süre. Doğrunun ve yanlışın olmadığını anladım ama zaman içerisinde...

Bazen beklemek, bazen terk etmek, bazen sevmek, bazen de kabullenmek doğruydu.

Ama hangisinin ne zaman doğru olacağını onlar değil, sadece Allah biliyordu.

Hatalarımdan çok, yaptıkları şey yanlış bir sonuca varmadı diye doğruyu bildiklerini sananlarla sınandım.

Mesela o hadsiz adam sadece kehaneti doğru çıktı diye hâlâ büyük bir gururla bakıyor sanki bana asansörde.

Sanırım, sana en çok, asansördeki o sessizlik anları için kızgınım ve unutma; ben yirminci katta oturuyorum. O adam ise bir üst katta. Onunla karşılaştığımız tüm anlar, İstanbul'da bir asansörde geçirebilecek en uzun sürelerden biri aslında. Kehanetinin doğrulanmasının gururunu yaşıyordu ilk zamanlarda.

Sonra aradan geçen dört senede, yerini acıyan bakışlara bıraktı o hayatımın en uzun ve en insafsız asansör anları.

Niye gittin ki?

Beni akılsızlardan akıl almaya mecbur ettin?

Hayatlarından giden yok diye bu yaşamın bilirkişileri gibi davranan o umutsuz ev kadınlarının tesellilerine, fallarına, yıldız haritalarına, taktiklerine, eleştirilerine, acımalarına kurban ettin?

Oysaki seninleyken, aşkımızın kutsallığına tüm kalbimizle inanırken, onlara acıdık. Sıkıcı hayatlarına, aşksız aşklarına, sevimsiz çocuklarına, üstünde sevişemediklerine inandığımız yataklarına ve gitgide gerileyen zekâlarına acıdık. Böyle nasıl devam ediyorlar ki derdik ama sonunda biz bittik.

❞ Dost tanımak için düşmeyi değil,
düşlerinizi gerçekleştirmeyi bekleyin.
Sizi sadece yerden kaldıranı değil,
kalktığınıza mutlu olanı dost bilin. ❞

Ne ilginç değil mi?

Zor zamanında yanında olanlar, hiçbir şey beklemeden yardımına koşanlar, gelecek için hayaller kurduranlar, derdine derman, ruhuna yoldaş olanlar sayesinde üstesinden gelirsin birçok şeyin.

Ayrılıklar, parasızlıklar, acılar, korkular, kötü gün dostları sayesinde yok olur ve içinde kocaman bir minnet duygusu yer bulur.

Elinden tutup, gözlerinin içine bakar bu insanlar. Seni iyileştirmek için gösterdikleri çabayla huzur bulurlar. O acıyı, o anda kendileri çekmedikleri için de şükür duyarlar. Sen iyileşince onların mutlu olacağını sanırsın ama ne yazık ki pek azı bunu yaparlar.

Sen iyileşmeye başlarsın. Müjdeler konar hayatının her bir dalına. O çıkacağını hayal bile edemediğin "dip"ten, hayatın güzel sürprizlerini basamak yapıp, adım adım çıkarsın.

Aydınlığa yürürken, karanlığını aydınlatan ellere koşup, tutarsın. Vefa duygusunu kaybetmekten ölümden korktuğun gibi korkarsın. Çünkü annen öğretmiştir sana vefayı. Bu yüzden vefasızları hiç anlamazsın.

Kötü gün dostlarını sevincine ortak etmek için çabalarsın ve bir de bakarsın ki mutsuzluğuna ortak olan, mutluluğundan bir parça bile istemiyor. Çünkü bazı insanları sadece kendinden daha kötü durumda olan insanlara akıl vermek iyi ediyor. Bu yüzden sevgiliniz sizi terk ettiğinde, paranız bittiğinde, işinizi kaybettiğinizde, kendinizi değersiz hissettiğinizde yanınızda olan insanlara "iyi" demeden önce mutlu olmayı bekleyin. Acınızı paylaştığı gibi mutluluğunuzu da paylaşamıyorsa vefayı falan boş verin.

Çünkü bazı insanlar kendi şanslarını yaratmak yerine, başkalarının şanssızlıklarına ortak olarak kendilerini iyi hissederler.

Dostunuzu tanımak için mutlu olmayı bekleyin. Sevincinize ortak olamıyorsa, orayı terk edin.

Kötü günde akıl vermek çok kolay. Sorarsan herkesin verilecek bir öğüdü var. Siz, başarınıza sevinen, aşkınıza güvenen, zenginliğinize göz dikmeyen dostlar edinin.

Mutluluğun mutsuz ettiği insandan dost olmaz. Dost akıl veren değil, ne hissediyorsanız onu hissedendir. Sizde olanı kendinde görendir. Vefanızı empatiyle ödüllendirendir.

Dost tanımak için düşmeyi değil, düşlerinizi gerçekleştirmeyi bekleyin. Sizi sadece yerden kaldıranı değil, kalktığınıza mutlu olanı dost bilin.

Biz acımızı paylaştığımızda yüzeysel kafalarla, çektikleri her "Ah ah! Vah vah!" onların şükürleridir aslında. Kimse başkasının acısını çekmeyi bilmez. Boşuna anlatmamak gerektiğini öğrendim bu yüzden zamanla. Ben acıyı yazarım, yazarım ki anı olsunlar ve artık peşimi bıraksınlar.

İşte böyle... Önce anlattım her şeyi, acımı görüp de şükreden fikir fakirlerine. Sonra vazgeçtim anlatmaktan ve yazdım. Ben senin acını yaşayarak değil, yazarak beynimden kazıdım.

Hatta yazarken tekrar sevdim seni. Çünkü verdiğin sevgiyle takas ettim her defasında, giderkenki şerefsizliğini.

"Bazı bitişler trafik kazasında ölmek gibidir.
Zamansız ve şok edici.
Kalanlar hazır değildir.
Gidenin söyleyecekleri bitmemiştir.
Vedalaşamamanın hüznü kalanı deli edecektir.

Bazı bitişler ise kanserden ölmek gibidir.
Bilirsin öleceğini ve alışırsın bu fikre.
Vedalaşırsın her fırsatta sevdiklerinle."

Nereden mi biliyorum?

Sen, benim için trafik kazasında öldükten sonra, o canımı parçalayan gidişinle; bir başkasına sığındım ve işte onun koynunda kansere yakalandım.

Bile bile, alışa alışa öldüm, öldürdüm.

Yine de acı verdi.

Vermez mi?

Ama senin beklenmedik kazan kadar koymadı bana.

Aslında, kaza süsü verdiğinden şüphelenirim o gidişe hâlâ.

Neyi değiştirir ki şu an bu anlamsız şüphe?

Dört senedir ayakta durma çabalarımın bana verdiği o dayanılmaz ağırlıkla, artık taşıyamadığım hayallerimi, yol üzerinde gördüğüm ve yerini asla hatırlayamayacağım çalıların arasına attıktan sonra?

Yön mefhumum yok benim.

Geri dönsem de yerini hatırlayamam artık o en sevdiğim hayallerimin.

Yine de kırk yaşımda, beni folik asit içmeye başlatarak, ömrümde ilk ve son kez kurduğum çocuk yapma hayalimi elimden aldığın için değil de, asansörde o suratsız adamla beni yirmi kat yolculuk yapmaya mecbur ettiğin için kızıyorum sana. Çünkü o adam hâlâ bizim binada ve doğmayan bebeğim asansörde hiç onun gibi yukarıdan bakmadı bana.

Anladım ki, ben karar veremiyorum, kimin kalbinin atacağına.

Seninki eminim ki atıyordur bir yerlerde ama ben ne yapayım senin nankör kalbini, benim için atmadıktan sonra?

Acı çekmekten zevk aldığımı düşünenler oldu hep hayatımda. "Acıdan besleniyorsun..." dediler çoğu zaman bana.

Kim acıyı sever ki?

Kim sevişmek dururken sevdiğiyle, ayrılığın acısından beslenir ki?

Kim aşkı ve mutluluğu yazmak varken, ayrılığı yazmak ister ki?

Niye gittin, anlamadım ki?

Bak işte, sayende beni tanımayan ama tanıdığını sanan herkes ne ile beslendiğimi bana söyleyecek kadar hadsizleşti.

"Öyledir yalnızlık. Gidenin yerine koymaya çalıştığın tüm yüzlerde teselli ararsın ve onlar senin çektiğin acının zerresini hissedemedikleri halde, seni sana anlatmaya başlarlar ve genelde çok acımasız ve hadsiz olurlar.

Seni onlardan ayıran tek özellik, sadece sevdiğinin gitmesidir ve onlara acımasızca yorum yapma hakkını, bir şekilde bu zamansız hatta haysiyetsiz gidiş vermiştir."

Gidenlerin yasını tutmayı bilmeyen onlarcasıyla terk edilmeni paylaşırsın ve vasat ruhlarda teselli ararsın.

Cenaze evi gibidir terk edilen kadınların evleri.

İlk günlerde gelen çok olur ve acı kayıp aslında artık kimse gelmemeye başladığında yüreğini vurur.

Geçen süre unutman için oldukça yeterlidir; o vasat yürekli, vasat beyinli, vasat seven kadınlar nazarında ama sen öyle derin sevmişsindir ki unutman gerektiği düşünülen ve zikredilen sürede hiçbir şeyi unutamamışsındır ve süregelen acından utandığın için sonraki sohbetlerde içinde saklamışsındır ve hep bu yüzden içten kanamışsındır.

Ortalıkta kan yoktur.

Bu yüzden tedavi edenlerin de gözlerinden kaçan yara çok olur.

İşte böyle.

Gidişinle hissettiğimi sandığım yalnızlık, seni unutmam gerektiği söylenen sürede unutamadığım için başladı aslında. Anlatamayacağımı hissettiğim her yerde susarım ben, bilirsin. Bu yüzdendir dost tesellisini, kalemimde bulmam.

Yani beni benden daha iyi teselli edecek kimseyi bulamamaktan, tanımamaktan...

"Sırf günahları seninkilerden farklı diye bir başkasını yargılama...
Senin yolundan yürümeyeni hata yapıyor sanıp
kendi doğrularını, sana sorulmadan insanlara anlatma...
Yanlış yapanın önünde dur, yanında dur
ama ne olursa olsun arkasından konuşma.
Başkasında yanlış gördüğün, gün gelir senin doğrun olur
bu hayatta hiçbir şeye şaşırma...
'Ben yapmam' dediğin her şeyi tek tek yaparsın.
İşte o zaman yargıladıklarınla yaralanırsın...
Başkasının yarasının kabuğunu kaldırırken, sen aynı yerden kanarsın.
Sen saçlarını her gün tarıyorsun diye kel olana tarak satamazsın.
Saçı olmayana da tarak istemiyor diye kızamazsın.
Herkesin eksiği, kaderi, günahı farklı...
Saçını taramayana kızarken, bir gün sen kel kalırsın..."

Niye gittin ki?

Ne güzel sevmiştin oysa!

O ne sevmekti de beni sonraki sevgilerden üşendirdi?

Mesafe, imkânsızlık, maddiyat, kültür farkı, yaş farkı, yaşanmışlık farkı gözetmeksizin içine daldığım, daha doğrusu elimden tutup usulca beni içine koyduğun o sevda yüzünden artık "küs"üm ben.

Hem de kime ve neye küstüğümü bilmeden.

Ne kolaydı sevgi, sevdiğin seni böyle sevince. Uslu, huzurlu, sürekli doğuran böyle bir aşk daha olmadı hayatımda ki hatırı sayılır bir süredir yaşamaktayım bu dünyada. Sanki sadece sen değildin katılan hayatıma, bir de ben katılmıştım kendi yaşamıma yıllar sonra.

Konuşurdun, dinlerdin, güldürürdün, gülerdin, güvenirdin, güven verirdin, sevişirdin, kirletmezdin. En önemlisi, beni bana öğretirdin. Herkese gösterdiğim ama hiç göremediğim o şefkati bana adam gibi verirdin.

Sen bana "Vardın mı?" diye sorduğunda gideceğim yere, varıyordum sanki fikrimde. Sen varken hiç yolda kalmıyordum.

Üzen olamazdı beni, sen beni severken.

Ya da ben öyle sanıyordum.

Beni üzeni sana şikâyet ettiğimde hatta edebileceğimi bildiğimden zaten geçiyordu hüznüm ve bu yüzden hiç dolmuyordu şimdiki gibi gün içerisinde o zavallı gözüm. Kazancıma, sevincime, başarıma sevinir:

"Sen var ya sen, patlamaya hazır bir bombasın ama kimse sana benim gibi bakmadığı için göremiyor..." derdin. "Sen var ya sen, ne yapacaksın bilmiyorum ama ne yaparsan yap, en iyisi olacaksın."

Olmazsam namerttim.

Açlığım, susuzluğum, aşksızlığım, umutsuzluğum ve tüm korkularım geçti sen varken.

Karnım toktu, sevdan çoktu, cesaret boldu ve en önemlisi sanki "son" hiç yoktu.

Niye gittin ki?

Ellerim spor yaparken acıyor diye bir çift eldiven almıştın bana.

O eldivenleri, adının baş harflerini işlettiğim ve sana gittiğin için hiç veremediğim atkı ile birlikte, ihtiyacı olan birine verdim. Annem öyle dedi:

"İhtiyacı olan birine ver."

Ah be annem, kimin o eldivenleri giymeye benden daha çok ihtiyacı olabilir ki? Kim onlarla benim kadar ısınabilir ki? Kim kendi ismine ait olmayan baş harflerin işlendiği bir atkıya ihtiyaç duyabilir ki?

Şimdi o atkı, birinin sıcacık boynunda.

İsminin baş harfleri üşütüyor benim boynumu, seni her andığımda.

Kimin daha fazla ihtiyacı var o atkıya?

Söyle bana?

Gelinliğimi almıştım.

Bir daha giymem diyordum ama kadınım işte.

Fırsat bulunca gelinlik giymek isteriz biz.

Öyle çok süslü, kabarık, frapan bir şey değildi. "Vintage" dedikleri, özellikle ikinci evliliklerini ilerleyen yaşlarda yapanların dikkat çekmek istemedikleri zaman "Şimdiki moda bu şekerim..." bahanesine sığınarak tercih ettikleri çok sade, kalbim gibi kırık beyaz, dantel bir gelinlikti.

Geçen gün, kışlıkları çıkarırken buldum. Annem saklamış. Sanırım bir dahaki kışa unutur nasıl olsa diye düşünmüş ilk sakladığında. Tam dört kış geçti. Dört kez karşılaştım o gelinlikle. Her karşılaşmamda verdiği hüzün aynıydı.

Çok güzel olacaktım biliyorum onun içerisinde.

Çünkü sen olacaktın içimde.

Ben sen gittikten sonra yaşıyormuş gibi yaptım bir süre.

Çalışmak, üretmek, güçlü gibi görünmek zorundaydım.

Hiç unutmam, sen gittikten tam on gün sonra bir toplantıya yarım saat erken gitmiştim ve o yarım saati nasıl geçireceğimi bilemediğimden, girdiğim bir kafede hüngür hüngür ağlamıştım.

Toplantı saati geldiğinde masanın etrafında oturan herkese ağır grip olduğumu ve gözlerimde alerji olduğunu söylemiştim.

İşi almıştım ama aldığıma sevinememiştim. Beni hayata bağlayacak yeni uğraşlar edinmem öğütleniyordu bana ama uğraşmak yerine, yalnız kalıp, o içimde açtığın ve dışarıdan kanamayan muhteşem yarama ulaşıp kanatmayı tercih ediyordum.

Sonra "Kanıyor..." diyordum beni arayanlara, soranlara; vasat ve yüzeysel tesellilere karşı geliştirdiğim bağımlılıkla. "Çok fena kanıyor."

Ortada akan kan olmayınca, yarana kimse merhem sürmüyormuş. Sonradan öğrendim. Öğrendiğimde, iç kanamadan ölmüştü ruhum ama ben itinayla intihar süsü verdim.

Aynaya baktım bir sabah. Sen habersizce ve şerefsizce gideli yirmi gün olmuştu.

"Bu böyle devam edemez..." dedim, aynadaki, ruhu cinayete kurban gitmiş ama katili elevermek istemediği için kendisi öldürmüş gibi davranan kadına.

"Bu böyle devam edemez."

O gün bugündür, aynadakine çok güvenirim.

O, öyle devam etmedi çünkü.

Giden gitmişti ve hayat, gidenin arkasından tutulan yasın süresinin çok kısa tutulmasını tavsiye ediyordu.

"Belki kazayla düşersin...
Ama yerde kalmak da ayağa kalkmak gibi bir seçimdir.
Kader, başına gelenler değil
onları nasıl yönettiğindir...
Şanssızlık dediğin her olay
kaderin değil
yanlışı çok kolay kabullenmendir.
Yere kapaklanman değil de
ayağa kalkmayı bile düşünmemen asıl talihsizliğindir..."

"Ben biliyordum zaten!" korosu ile "Neden ayrıldınız ki? Çok yakışıyordunuz!" korosunu duymayacağım, dinlemeyeceğim, hissedemeyeceğim bir yere gittim.

Mesafe kısaydı.

Ama neyse ki sesler çok uzaklaşmıştı.

Bir başka adamın kalbine yerleştim usulca.

Eşyalarımı evde bıraktım ama iç kanamadan ölen ruhumu yanıma aldım.

Sevmedim önceleri onu arzu ettiğim gibi ya da açıkçası seni sevdiğim gibi.

Sonra onun beni sevmesine güvendim.

Ona güvendikçe geçmişimi, iç kanamalı yüreğimi, yarım kalmış hayallerimi ve seni gösterdim.

Çok sevdi beni o adam.

Bedenim onunlayken, ruhum bir başkasında diye.

Narsisler öyledir.

Elde edemediğine emek verir.

Sabırla ele geçirdi ruhumu.

Zaten işi kolaydı.

Boynumdan, ruhumun intiharını gerçekleştirirken taktığım ilmeği çıkarıp, birkaç kırık çıkık tedavisi yaptı. Hayat öpücüğünü de kondurduktan sonra, ben canlanınca, güzelce koluna taktı.

Sonra birlikte yürürken, her adımda yüzüme vurdu seni, geçmişimi, onu başlangıçta sevmeyişimi.

Ben gidersem alamayacağını bildiği intikamı, ben göğsüne başımı yasladığımda alıyordu. Gitmeme de izin vermiyordu. Gidersem canımı yakmak istediği gibi yakamayacağını biliyordu.

"Böyledir narsisler.
Eldeki kuşu değil, daldaki kuşu severler.
Ara sıra avuçlarındaki kuşun kanadını koparırlar. Çünkü zamanında onların da kanadını koparmışlar.
Zavallılar.
Elde edemeyeceklerini elde etmeye çalışarak geçirdikleri ömrü, elde ettiklerini beğenmeyerek harcarlar.
Hiç mutlu olamazlar ve bu yüzden de mutlu yapamazlar.
Sonra kanadı koparılmış kuşu, kaçmaya çalışırken yakalarlar. Kuş, hem acı içinde uzaklaşıp kaçmak ister, ama kanadı koparıldığı için de fazla uzağa gidemez; sürekli acı çeker.
Yakalanan kuş, kafesine geri döner ve evinden asla uzaklaşamayacağını hisseder.
Kafesini özgürlüğü zanneder.
Güzelim kuş farkına varmadan celladını sever."

Elinde olmayan şeyleri elde etmek için haddinden fazla uğraşanlar, bazen kazandıklarına sevinmek yerine, kaybettikleri zamana ve gösterdikleri çabaya acırlar. Ödül artık ellerindedir ama aslında ödülü tutmak, ödül için yarışmak kadar keyifli değildir.

Ödüldür ama nihayetinde.

İade de etmezler ait olduğu yere. Bir rafa koyarlar ve arada sırada bakmadan tozunu alırlar.

Bu yüzden artık hiçbir şey için çabalamıyorum. Uğruna çok fazla vakit ve çaba harcadığım her şey fani bir ödül olacak ve sadece arada sırada tozu alınacak.

Oysaki akışta yaşarken, hırs yerine azmi; tahammül yerine sabrı yeğlerken, kazanılan her dostluk, her aşk, her kuruş, her zafer çok daha anlamlı geliyor. Kişisel gelişim uzmanları "Çabala!" diyor belki ama ben yaşayarak öğrendim:

"Çok uğraşarak elde ettiğin her eşya, her kişi, her zafer ve belki de layık görüldüğün bir ödül ya da madalya
o yorgunluğa değmeyecek kadar sıradandır aslında.
Başardığının ve ulaştığının sıradanlığını gördüğünde hem kendine kızarsın, hem de onlara.
Olması gereken kendiliğinden olur.
Sen keyifle, azimle, sabırla yoğur işini, duygunu, düşünceni; sonunda mutluluk seni bulur.
Yani kısaca
hiçbir şey için fazla çabalama
sonuçta kazandığın her şey çok fani gelecek sana."

Sana ait, kabuk tutmuş ama kabuğu sabırsızlıktan kaldırılmış ve artık durmadan kanayan yaramla başladım kendime merhem aramaya...

Konu sen değildin hiçbir zaman.

Konu, senin kadar beni sevecek bir adama bir daha hiç rastlamamamdı. Çünkü sen beni gencecik ve yüksüz kalbinle öyle bir sevmiştin ki, eminim ki bugün karşıma çıksan bir daha sen bile sevemezsin beni, senin o zamanlar sevdiğin gibi. Ben de yüklüyüm. Artık kimşeyi sevemem seni sevdiğim gibi.

"En tehlikeli yanı budur güzel aşkların.
Eğer ki sonsuza kadar sürmezlerse, sonsuza kadar süründürürler.

'Allah kimseyi gördüğünden geri koymasın' derler ya, işte aynı onun gibi.

Bir villada yaşamaya alışmışken tek odalı bir evde yaşamak zorunda kalmak gibi.

Yaşarsın yine.

Ölmezsin ya.

Ama bir villa dolusu eşyayı tek odaya sığdıramazsın.

Fazla eşyaları ya bir ihtiyaç sahibine verir ya da çöpe atarsın. Aşk da böyle.

Yüreğindeki o sevilmişliği ve sevmişliği başka ruhlara ve bedenlere sığdıramazsın, bu sebeple bölük pörçük herkese dağıtırsın.

Sonra gün gelir, bir de bakarsın ki tek odalı ruhunda bir köşeye sıkışmışsın.

Yaşarsın tabii. Yine yaşarsın.

Yaşamak dediğin nedir ki?

Aldığın nefes yeter.

Ama işte sen ne yazık ki, bir ara nefesin kesildiğinde gerçekten yaşadığını sanmışsın."

Bir narsisin kurbanı olmak, senin gidişin gibi üzmedi ama çok yordu beni.

Ben yaralarıma merhem ararken koynuna girdiğim adamın kurbanı olmuştum.

Yaram tekrar kanar diye korktuğumdan da, göz göre göre celladıma âşık olmuştum.

İlkönce yaşam sevgim, sonra her fırsatta gülümseyişim, en sonunda da tüm benliğim terk etti beni; daha kimse kimseyi terk etmeden.

Öfkeli, mutsuz, toleranssız bir kadın olmuştum.

Mesela sen terk ettiğinde beni, böylesine korkmamıştım birini sevmekten; sevmenin en güzel halini sende gördüğümden ama bir narsisin bencil sevgisinde yok olurken ve yok olduğumu bile anlamazken çok korktum sevmekten, üstelik sevdiğimle aynı yatakta uyurken. Böylesine bir korkuyu hak etmiyor hiçbir seven ya da aşkla sevişen...

Yaşadığım çok sevilme, sonra hor görülme, ardından olay mahallini terk etme, sonrasında gelen özür dileme, affetme ve sonra da affetmemesi gerekenleri affettiği için kendini affedememe döngüsünde ilerleyen bu ilişkinin seninle yaşadığım huzur ve güvenle hiç mi hiç alakası yoktu.

"Çay ikram ederken üzerime mi döktün?
Elini omzuma atarken saçımı mı çektin?
Yanımda yürürken koluma mı çarptın?
Dans ederken ayağıma mı bastın?
Telefonun cebindeyken poponla beni mi aradın?
Şarjın bittiğinde beni habersiz mi bıraktın?
Trafik yüzünden geç mi kaldın?
İstersen özür dile.
Dilemesen de başım üstüne.
Ama bile bile yaraladığında
geriye dönüşü olmayan hatalar yaptığında
sevenini ağlattığında, travmalar yarattığında
sakın özür dileme.
Olur ya dilersen, affetmeyeni de asla yerme..."

Sürekli değişmemi istiyordu âşığım olduğunu sandığım celladım. Daha az konuşmamı, daha az istememi, daha az çalışmamı, daha az dikkat çekmemi, daha çok vermemi, daha çok sevmemi, daha çok ilgilenmemi...

Ne desem, ne yapsam, ne düşünsem yaranamıyordum.

Hep istiyordu. Hep yeterince veremiyormuş gibi hissediyordum çünkü öyle hissettiriyordu. Zavallı, sevmekle ilgili sorunu olduğunu kendisi de bilmiyordu.

"Tabii ki değiş...

İyi olmak için, güzel olmak için, güçlü olmak için, sevmek için, başarı için...

Kendin için...

Ama kimse için değişme.

Değişmeni isteyenler olacak.

Kimseye bunu dile getirecek gücü verme.

Onlar için hep 'az' olacaksın.

Daha 'çok' olmanı isteyecekler.

Sakın bu yüzden değişme.

Sevgi, sen 'olduğun kadar' iken seni 'mükemmel' görmeyi ve hissettirmeyi başaranın hakkıdır.

Kalkıp da seni az sanıp, çok yapmak isteyene verme.

Eğil, bükül, kırıl, sarsıl ama hesabın aynayla olsun.

Sadece ol ve geliş.

Yerden yere vuran için değil

seni düştüğü yerden hep kaldırmayı başaran kendin için değiş..."

Bir başkası için değişmeyecektim. Kalan tüm gücümü toplayıp gittim ve kendime söz verdim; artık birini unutmak için bir başkasını sevmeyecektim.

Evime geri döndüğümde paramparçaydı ruhum. Ben gittiğim halde, gidişimi kabullendiği için asıl gidene, öfkeden başka bir şey hissedemiyordum ve inanılmaz bir sızıyla seni özlüyordum.

Aslında özlediğim sen değildin. Güven ve huzurdu. Birinin "en"i olmaktı, sevişirken suçlu ve kirlenmiş hissetmemekti, çok sevilmekten sürekli gülümsemekti.

Ama karar vermiştim. Kendimi seninleyken tanıdığım şekliyle tekrar tanıyana kadar, hayatıma bir başkasının girmesine izin vermeyecektim.

Bu hayat, mutluluğu bir başkasının tekeline vermek için çok değerli.

Zaten mutluluk dediğin de nedir ki?

"Gökkuşağını görüp de ulaşmaya çalışmaktır
mutluluğun peşinden koşmak.
Hiç ulaşamazsın.
Ulaşmaya çabalarken de manzarayı kaçırırsın.
Gökkuşağıdır mutluluk.
Çok güzeldir ama ona varmayı düşünürsen
gördüğün güzelliğin de farkına varmazsın."

Birine, mutluluğumun yegâne sebebi olma sorumluluğunu yükleyemezdim. Aşkı bilmeyenlerden aşk dilenirken, gökkuşağını kaçırmak istemezdim.

"Çocuklarınıza tüm zorluklara göğüs germeyi ama kabalığa asla boyun eğmemeyi öğretin.

Gerektiğinde uçurumdan aşağı itilsinler ama asla 'Sen kendini ne sanıyorsun?' diyenin önünde eğilmesinler.

Elleri kanasın çalışırken ama dilleriyle yürek dağlayanlara paye vermesinler.

Yürekleri yansın severken ama sevdikleri tarafından hor görülmeyi kabul etmesinler.

Çocuklarınıza eleştiriyi kabullenmeyi ama aşağılanmayı kabullenmemeyi öğretin.

Haklıyken haksız hissettirenlerden uzak durmayı, kendilerine güven duymayı ve dinlemeyenlere sözlerini harcamamayı öğütleyin.

Kalpleri kırılınca kalkıp gitmeyi, hakaret işitince kendilerini üzmemeyi, özgüvenlerini bir avuç narsisin söylem ve eylemleriyle kaybetmemelerini tembihleyin.

Okutup adam ettiğiniz evlatlarınızın kendini bilmezler yüzünden kalıcı travmalar yaşamasını lütfen engelleyin.

Onlara kendilerini severken başkalarını saymayı, sevgi göremediklerinde umursamayıp, saygı göremediklerinde arkalarına bakmadan kaçmayı öğretin.

Öğretin ki, yanlış ve yalnız yerlerinden yaralanmasınlar.

Ten kanayınca değil, ruh kanayınca iyileşmiyor yaralar."

Ten kanar, geçer; ruh kanarsa iyileşmez... Şiddet sadece birinin size vurması, itmesi, dövmesi değildir. Şiddet sözle, hakaretle, aşağılamayla yapıldığında çok daha kalıcı hasarlar oluşturur.

Kimsenin sizi çirkin, aptal, dengesiz, kıskanç, sorunlu, yeteneksiz, akılsız, beceriksiz hissettirmesine izin vermeyin. Sen yapamazsın, sen anlamazsın diyenlere kendinizi ispat etmek için ömrünüzü vermeyin. Sadece size inanarak, güvenerek, destekleyerek potansiyelinizi ortaya çıkaran, enerjinizi yükselten dostlar, aşklar, akrabalar, arkadaşlarla vaktinizi geçirin. Sizi sebepsizce eleştirip, akıl verirken incitip, iyiliğinizi istediğini söylerken enerjinizi tüketip, sizi kendinizden şüpheye düşürecek kişilere yol verin. Güzelsiniz, akıllısınız, yaratıcısınız, her şeyi yaparsınız. Engel hiçbir zaman siz değilsiniz. Engel birlikte olmayı seçtikleriniz. Kıskanç değilsiniz; kıskandırıyorlar. Dırdırcı değilsiniz; konuşturuyorlar. Beceriksiz değilsiniz; yaptırmıyorlar. Çirkin değilsiniz; güzel hissettirmiyorlar. Aptal değilsiniz; aklınızı kullanmanızı istemiyorlar. Güçsüz değilsiniz; yumruk atan onlar... İster savaşın ister kaçın ama asla size şiddet uygulayanın tek sözüne inanmayın. "Sen kimsin ki?" diyenin yamacında durmayın. Onlar engel olmasa; yaparsınız... İçinizdeki potansiyeli keşfedin ve kimseye boyun eğmeyin. Şiddete en büyük karşılık ayakta kalmak ve başarmaktır. Utanmayın, susmayın... Yapayalnız kalın ama sevgisiz büyümüş insanların sizi yaşayan ölülere çevirmesine kayıtsız kalmayın...

"Çok kısa ifade edeceğim...
Yormayayım o güzel beyninizi...
Size öğütler veriyor ve yollar gösteriyorum sanıyorsunuz ya botokslu alnımla
ben onları size değil, kendime söylüyorum aslında.

*Ve anladım ki; bir şeyi kırk kere söyleyince oluyor da
mesela değersiz hissettiğiniz yerde durmayın demiştim ya
ben durmadığımdan değil, durduğumdan söylüyorum bunları
vallaha.
Ve bugün bakıyorum da söyleye söyleye
artık tutamıyor kimse beni, bana değer vermeyenin yamacında.
Bağırıp çağırmıyorum asla...
Sessizlik ve bensizlik yeter de artar onlara..."*

❝ Kötüler yüzünden değil
onları iyi yapmaya çabalarken yoruluyoruz...
Oysaki katran suyla yıkanmaz.
Zehiri temizlemek için yine zehir gerekir.
O da iyide bulunmaz... ❞

Sınavsız aşklar yaşamadım ben.
Spor ayakkabının içinde
topuktan kayan çorap gibi hayatlar.
Dışarıdan bakınca her şey normal.
Oysa yürüyen telaş içinde.
Ayakkabı pahalı ve güzel...
Üç kuruşluk çorap ise bildiğin işkence...

Evliliğim kanserle, sen sevgilim terk edişinle, diğerleri de beni ve içimdeki tüm enerjiyi yok edişleriyle sınava soktu beni.
Sınıfta kaldım.
Yalnız yerlerimden yanlışlara tutundum ve tutunurken çok yoruldum.
İçindeyken yanlışın o kadar çok savaştım ki, ancak bittiğinde doğruldum. Bu yüzden güçlü sandılar beni. Çünkü bittiğinde gördüler, gördükleri sandıkları her şeyi.
Oysaki ben savaşlarda kaybettiğim kanı yerlerden topluyordum ve hiç yılmadan yanlış yere basıyordum. Cesetler arasında taze kan bulamayacağımı o zamanlar bilmiyordum.
Sınavlı, savaşlı, kanlı, sırttan bıçaklamalı tecrübeler yaşamamış aşk ustalarından sürekli nasihatler alıyordum. Kendimi seçimlerimden dolayı suçluyor, işin erbabı sandıklarımdan medet umuyordum.

Şimdi ise üç yanlışın bir doğruyu fena götürdüğü bu sınavları geride bırakıp, bildiğiniz doktora tezimi hazırlıyorum. Çünkü artık ne istediğimi ve ne istemediğimi çok iyi biliyorum. Sınava girmeden geçmek isterdim sınıfı ama ne yapayım ki kalbim hep bütünlemeye kaldı.

Onu hayal kırıklığına tekrar uğratmamak için hep sakladım ama firar etmeyi başardı.

Sürekli konuşuyor birileri.

Mutlu olan nasihat veriyor, mutsuz olan inim inim inliyor.

Oysaki mutlunun mutsuz, mutsuzun mutlu olması bir tek ana bakıyor.

Aşkı amaç yapan herkes bir gün, bir yerde mazot yakıyor, egzozundan dumanlar çıkıyor.

Dünü tekrar yaşayamayacağımız ve yarını repolayamayacağımız bu hayatta geriye bir tek bu an kalıyor. Vazgeçmeyi ve umut etmeyi bilenler şimdinin kıymetini biliyor.

Bana aşk acılarını anlatan can dostlar, aşkın acısı olmaz.
Çünkü aşk olsa, acı olmaz.

Şimdi doldurun dışarı taşırmadan çoktan seçmeli sınavınızın küçük dairelerini ve salın hayata kendinizi. Bırakın Allah aşkına, çalışmadığınız yerden çıkınca sorular, o güzel gönlünüzü üzmeyi.

Çünkü tek soru bu, soruyu yazanın da cevabını bilmediği... Veremediğiniz sınavlar için bırakın yerinmeyi ama asla bırakmayın umut etmeyi...

İşte böyle başladım kendimi tekrar sevmeye.

Çok mu kolay oldu sanıyorsunuz?

Terk edilmiş, sonra mecburiyetten terk etmiş, her şeyi zamanından geç yaşamış ve utanmadan da defalarca sınıfta kalmıştım.

Ama güvendiğim tek şey vardı:

"Büyümüyordum ben.

Çocukluğumda, ablamla paylaştığım yatak odamızdaki tek kişilik yatağımda kurduğum hayallerle uykuya dalıyordum hep. Şimdi ise köpeklerimle uyuduğum çift kişilik yatağımda hayal ediyorum geleceği.

Hiç korkmadan.

Hiç korkmazdım zaten hayallerden.

Gerçekler kadar ürkütücü olamazlardı çünkü.

Yıllara, yaşlara, çizgilere, kırışıklıklara takılmış gidiyoruz. Tenimizi gerdiriyoruz ama ruhumuzu ütüleyemiyoruz.

Çünkü biz milletçe ütü sevmiyoruz.

Bize bizi yanlış hissettiren insanların onayını ve yanımızda kalmalarını bekliyoruz.

Bu ömür bir insanın gelmesini ve kalmasını beklemek için çok kısa.

Onu hiç düşünmüyoruz."

Yanlışlıktan değil, yalnızlıktan...

Ne acı...

Ayakta kalmak için çalıştım hep. Başkalarının ayaklarına basmadan, kendi ayaklarımın üstünde kalabilmek için. Acıdı tabanlarım bazen ve düşeyazdım ama bir şekilde durmayı başardım. Başardığım şey yazmak, kazanmak, popüler olmak, sevilmek falan değildi.

Sadece durmaktı.

Yalpalasam da sonunda dik durmak.

İlkel duygularım var benim.

Gitmiyorlar içimden.

Çok çabaladım.

Gitmiyorlar işte.

Sevmek istiyorum mantığa dayandırmadan.

İnsan sevmek.

Salakça.

Bir arkadaşa çok sevgi yüklüyorum mesela. Hem de damar yoluyla.

Çok mu film seyrettim acaba?

Kendim kurguluyorum kutsallığını o sevginin mantıksız mantığıyla. Vallahi salağım ben ya. Her şey ve herkes gitsin, onlar kalsın diyorum hayatımda.

Ah ne çok âşık oluyorum insanlara, fikrimde uçuşan Yeşilçam duygularıyla.

Ah anne, ne çok Ayhan Işık-Belgin Doruk filmi seyrettirdin bana. Ne çok yardımcı kadın oyuncu şefkati izlettirdin kızına. Ne çok inandım aşka ve dostluğa. Fedakârlığın kutsallığına. Tüm mahallenin gözleri açılsın diye kör ve fakir başrol oyuncusu için para toplanmasına. Beni niye inandırdın Yeşilçam; çıkarsızlığa, duygusallığa, aşka, dostluğa?

Ah ulan, tavuğuna "Kışt!" demediklerimden, cebimdekini verdiklerimden, zamanımı hediye ettiklerimden, teşekkür ettiklerimden, kıymet verdiklerimden, canımdan çok sevdiklerimden yedim hep tokadı.

"Ama ben ne yaptım ki?" diye sorgulamakla geçirdim tüm anları.

Bir şey başarınca koştum yanlarına. Birlikte sevineceğimizi sandım.

Aldandım.

Yere düşünce de yanıma koşarlar sandım.

Ve tabii yine aldandım.

"Ben ne yaptım?" diye dolandım. Sanırım başardığımı sandığım anlarda yalnız kalarak başaramadığımı anladım. Şimdi söyle bana anne? Niye Adile Naşit, Hulusi Kentmen, Münir Özkul gibi değil arkadaşlarım? Onların oynadığı her filmde sonunda iyiler kazandı ama o filmlerdeki kötüler bile sanki bugünün kötülerinden çok daha vicdanlıydı. Yanımda durmak istemeyen tüm damardan sevgi verdiğim dostlara ve aşklara ithaftır bu yazım. Ben size ne yaptım? Bakın sayenizde kendime bir duvar ördüm. Paylaşmadığım mutluluğun mutluluk olmadığını gördüm. Paylaştığım hüzünlerim var ya. İşte onlarla da giderayak tarafınızdan öldürüldüm. Ne hüzün sevdiniz, ne mutlu son, ne de fedakârlık. Hani nerede anne, Yeşilçam'daki o insanlık?

Biri gidince hayatınızdan herkes gidiyor sanki.
Sevgililerimle birlikte birkaç dost sandığım yanılgıyı da kaybettim bu yolculukta.
Neden böyle oluyor hâlâ çözemedim.
Bir üzüntü yüzünden her şeyi kişiselleştirecek kadar alınganlık göstermekten mi yoksa yalnız ve biraz da boş kalınca saçmalıkları ve haksızlıkları daha iyi anlamaya başlamaktan mı?

Biliyor musun?
Sen olsaydın, daha güzel olacaktı her şey ama biri olsaydı demiyorum bak.
Sen olsaydın sadece.
Çünkü senden sonraki ruh emicinin varlığına, dünyadaki tüm yalnızlıkları yeğlerim.
Yalnızlık kötü.
Ama bazı insanlar inan ki yalnızlıktan da kötü.

Kötüler yüzünden değil
onları iyi yapmaya çabalarken yoruluyoruz...
Oysaki katran suyla yıkanmaz.
Zehiri temizlemek için yine zehir gerekir.
O da iyide bulunmaz...

> Hiç pişman olmam hatalarımdan.
> Tek pişmanlığım
> vaktinde uzaklaşmamam
> bana hata yaptıranlardan
> ya da yaptığımı hata sandıranlardan...

Yanlışlıktan değil, yalnızlıktan...

Sen beni öyle güzel severken, iyinin ya da kötünün bir önemi yoktu. Seni sevmekten başka hiçbir şeye vakit ayıramıyordum. Ayırmak da istemiyordum. Sen gittiğinde önem kazandı işte başkalarının yaptıkları, düşündükleri, söyledikleri. Seni sevmek için yarattığım zaman, başkalarından nefret etmeye hizmet ediyordu artık.

İki seneye yakın süredir birlikteydik. Bir akşam, iş çıkışı beni almaya geldin. Eve gidiyoruz diye düşünürken, beni, çocukluğunda kalmayı çok istediğini söylediğin o lüks otele getirdin. Ellerin titriyordu. Beni şaşırtmak, seni ellerini titretecek kadar heyecanlandırıyordu iki sene boyunca aynı yastığa baş koyduktan sonra bile. Ne güzel bir âşıktın. Odaya çıktık. İçeri girer girmez yüzlerce kırmızı gülle karşılaştım. Filmlerde böyle sahneleri gördüğümde içim acırdı hep, hiç yaşamadığım için. Şimdi ise yine içim acıyor. Yaşadığım için.

Dizlerinin üzerine çöktün ve yüzük takmayı sevmediğimi bildiğinden parmağıma kırmızı bir ip bağladın. Dakikalarca ağladın. Konuşamadın. Sonra dedin ki:

"Evlen benimle. Başka bir hayat düşünemiyorum. Seninle evlenmemiş olduğum bir hayat istemiyorum."

Romantik komedilerdeki mutlu son sahnesi gibiydi tüm olan biten. Hıçkırarak ağlamaya başladım. Seninle evlenmek fikri birden çok güzel gelmişti. " Sensiz bir ömür düşünemem ki..." dedim ve teklifini kabul ettim.

"Hemen gün belirleyelim" dedin. "Hemen."

"25 Haziran" dedik biraz düşündükten sonra. Yurtdışında evlenecektik. Üç ay vardı o tarihe ve düğün yapmayacağımız için fazla bir hazırlığa ihtiyacımız yoktu. Bir gelinlik, bir damatlık, iki şahit ve biz gerekiyorduk. Üç ay içerisinde tüm bunlar bulunurdu. Bulduk da. Ama arada biz yok olduk. Hesapta yoktu yok oluşumuz. Boşu boşuna iki şahit bulduk. Adamları da yalancı çıkaracaktık. Neyse, günah almaktan kurtulduk.

Evlenme teklifini kabul edince işten ayrılmamı istedin. Çok yoğun çalışıyordum. Sabah erkenden evden çıkıp, gece geç vakit geliyordum ve sürekli seyahat ediyordum. Çocuk yapmak için biyolojik yaşımın geçtiğini, bu tempoyla yorulacağımı ve hamileliği kaldıramayacağımı, maddi hiçbir endişem olmaması gerektiğini ve işimden ayrılmamın benim için iyi olacağını söyledin.

Nikâhımıza bir ay vardı. İstifa ettim.

Hayatımda ilk kez çalışmayacak, birine güvenecek, hatta çocuk yapacaktım.

Üzerimdeki tüm yüklerden arınacak, tek derdim doğmamış çocuğumuza isim bulmak ve yeterli miktarda folik asit içmek olacaktı. Hamile kalırsam ve senden bir şey istemeyi beceremezsem diye de önden bir şımarma listesi hazırlamıştım. Yaz aylarına denk gelebilirdi gebeliğim. O halde bir kış meyvesi istemeliydim. Ayvaya karar verdim. Nitekim o ayvayı da hayalini kurduğum gibi gebeyken değil, gidişinle yedim...

Nikâhımıza on beş gün vardı.

Gelinliğim alınmıştı.

Her gün giyip, aynaya bakıp, fotoğraf çekiyordum. Sana yollamak istiyordum o fotoğrafları ama uğursuzluk getirir dedikleri için vazgeçiyordum. On bir yaşından beri hiç bilmediğim bir duygu vardı içimde. Para kazanmama gerek yok duygusu. Ne kadar da huzur vericiydi. Kendimden çok güveniyordum sana. Zor günler geçirmiştin. Hiç bu kadar çok para kazanmamıştın ve belki de kazanamayacaktın. Elde ettiğin her şeyi bana borçlu olduğunu söylüyordun ve en güzeli de o borcu artık ödemek istiyordun.

"Sadece gez, eğlen, spor yap, doğacak bebeğimizi düşün. Her şeyin en güzelini hak ediyorsun. Ne yapsam az senin için. Sayende kazandığımı birlikte harcayacağız. Ama önce daha büyük bir daireye taşınmalıyız. Bebek için oda yok bu dairede. Sen internetten bizim için ev bak lütfen boş vakitlerinde. Nereye istersen oraya gideriz."

Biz gitmedik ama sen gittin.

> Sabır yaratır, tahammül kanatır.
> Sabır güldürür, tahammül öldürür.

Seni ikna etmek hiç geçmedi aklımdan, sana ulaşmaya çabalarken. Senin için savaşmak. Ağlamak, yalvarmak... Çünkü çok iyi biliyordum gidene dur demenin asla fayda etmediğini. Bana dendiğinde durmamıştım çünkü. Oysaki ilk kez biri gidiyordu benden. Ben de gitmiştim daha önce birinden. Onun çektiği acı, benim senin gidişindeki acım kadar acıttıysa onu, ne yaparsam yapayım cehennemde yanacağıma eminim. Yaşarken birini öldürmenin ne demek olduğunu bana sen öğrettin. Sen benim katilim olana kadar, cinayete kurban gitmiş âşıklarımı hiç düşünmemişim. Şimdi ise hepsinden özür dilerim.

Ah ya, bu hayat neden filmlerdeki gibi değildi? Evde pijamaları çekip çikolata yiyerek, aşk filmleri izleyip hüngür hüngür ağlayarak acıyı yaşayacak zaman yoktu. Evin kredisi ödenmeliydi. Yokluğunla sonra yüzleşecektim. Henüz fark etmemiştim. Bazen sorarım hâlâ kendime, acaba ben aklımı senin gidişinle mi kaybettim? Peki ya, annemlere ne diyecektim?

Senin gittiğini anladığımda, hayatımda ilk kez birine vurmak istedim. İlk kez kırıp dökmek, hatta ölmek veya öldürmek istedim.

Senden sonra hayatıma aldığım ruh emici, bana sebepsizce vurduğu gece, elimi bile kaldırmamamın sebebi sendin. Hiçbir ten acısı, senin gidişinle acıttığı kadar acıtamazdı. Sen benim acıya karşı geliştirdiğim bağışıklığımdın.

Sen bile beni öldüremediysen, ben zaten bir daha ölemezdim.

Senden sonra hayatıma giren ve seni bana daha da çok özleteni saymazsak hatırı sayılır bir aşk yaşamadım senin benden gidişinden ve ben de sürüne sürüne o ruh emiciden gittikten sonra...

Sarılmaya, sevilmeye, güzel hissetmeye ihtiyacım olduğu anlar oldu... O anlar, herkesin etik ve ahlak konusunda sosyal medyada ahkâm kestiği ama aslında giderek ucuzlaştığımız günlere denk geldi. Senden kaynaklanan büyük boşluğu dolduramadım hiçbir tenle. Çünkü sanki ben dahil tüm tenler kirlenmişti.

Niye gittin ki?

Dört sene oldu sen gideli.

En çok yiyip kilo almayanları ve yastığa başını koyar koymaz uyuyanları kıskanırdım. Senin gidişinle, gidenleri olmayanları da kıskanmaya başladım.

Allah kimseyi gördüğünden geri koymasın derler ya, sadece eşyalar ve sahip olunanlar için geçerli değildir bu. Aşkın en güzel halini yaşayanlar için de geçerlidir. "Sonsuz" olması gereken "son" olunca çaresizleşir yürek.

Sana benzeyenleri aradım hep. Gençliğini özlüyordum. Bana kendimi minik bir kız çocuğu gibi hissettirmeni. Güzel bedenini ve tertemiz tenini. Hem bu kadar tecrübesiz olup hem de bu kadar sahiplenmeyi bilen birine rastlayamadım tekrar. Beni benden daha fazla düşünecek genç bir ruh ve beden bulamadım. Aramayı da bıraktım. Yaşıtlarımsa benim gibi boşanmış adamlardı. Onları da bilirsin. Kızları yaşındaki kadınlarla birlikte oluyorlardı. İşte herkesin bir yarası vardı.

Kabullendim ve hayatı olduğu gibi, geldiği gibi sevmeye karar verdim.

"Cehennemi bu dünyada yaşayanlar
ateş gördüklerinde korkmazlar.
Alevlerden kaçmak yerine
içinden geçerler.

Cehennemi bu dünyada yaşayanlar
cennete kavuşmanın tek yolunun yanmak olduğunu bilirler.
Bu yüzden kavrulmuş yaprakları da en az bir gül kadar severler..."

Belki de çok sevildim geçen zaman içerisinde ama ben yeterince sevmedim. Ya da ben sevedurdum, ama yeterince sevilmedim.

İki kirpinin aşkı gibiydi senin gidişinden sonra yaşadıklarım. Sarılınca canım acıyordu, ya sevmeyeni sevmekten ya da sevmediğim tarafından sevilmekten. Kimsenin günahına giremezdim.

Dikenlerim batıyordu onlara çünkü. Ya da öksüz bıraktığın tenimi, onların dikenleri acıtıyordu...

Yokluğuna sabretmeye karar verdim. Tahammül edemediğimden... Sabretmek ne güzeldir.

Sonu sevgi olur, keyif olur, başarı olur, öğreti olur...

Hiçbir şey olmazsa birilerine anlatırken gururlanacağınız bir sürü anı olur... O anılar ise sabrederken tükenmediğinizin en güzel kanıtı olur...

Acı verir bazen sabır. Ten kanamazken, göğsünün tam ortası bıçak kesmiş gibi acır. Zaman akmaz sanki. Her saniye, içinde bir yer dağlanır. Geçmiyor dediğin her an geçer ve seni bile şaşırtır. Sabırla tükettiğin her dakika seni bugünkü sen yapmak için bir heykeltıraş titizliğiyle çalışır. Sonunda bir sanat eseri gelir meydana. Hani o her sabah gördüğün, seni hiç yalnız bırakmayan aynadaki yansımanda...

Tahammülse sabır kadar sanata düşkün değildir. Sonucu hayal edemezsin, sonunu göremezsin çünkü. Yine de beklersin.

Tahammül, şekil veremeyince kırar, büker, eğer ve acıdan inletir. Yarım kalırsın, yamuk kalırsın, kırık kalırsın, kopuk kalırsın... Yine de kaçmazsın. Çünkü tahammülü sabırla karıştırırsın.

Sonu selamet olan tahammül değil, sabırdır. Sabır hayal kurdurur, tahammül kâbuslarla uyutur.

Sabır yaratır, tahammül kanatır.

Sabır güldürür, tahammül öldürür.

Uçabilecekken emeklemeyi tercih edeceğiniz anlar olacak. İşte o anlar sizi en yüksek irtifalara çıkaracak...

Oysaki koşmanız gereken yerde, sizi yavaşlatmaya çalışanlar olacak. Çünkü onlar ancak siz koşmazsanız uçacak. İşte o anlar sizi hayattan soğutacak.

Sabredin ama tahammül etmeyin...

Sonunda uçamayacağınız gökler vaat edilmediyse size, boşu boşuna çamurlar içinde debelenmeyin. Gökyüzünü görebiliyorsanız, çamurda oynamak da keyiflidir.

Yıkanırsınız, temizlenir...

İçinden çıkamayacağınız çamurlara girmeyin.

Aslında kirlenmek için çamura batmak gerekmez.

İçinden çıkamadığınız su bile zamanı gelir, insanı kirletir...

> Düzgün olan bozuluyorsa,
> bozuk olan da düzelebilir sanırsın.
> Düzelmiyor.
> Çünkü bozulup giden,
> seni de çoktan bozmuş oluyor.

Seninle olmak o kadar güzeldi ki, "sen" olabileceğini düşündüğüm herkesten medet umuyordum.

Rüya görmem ben bilirsin ama bir akşam rüyamda kapımı çaldığını gördüm. Gelenin sen olduğunu bilmeden açtım kapıyı. Seni karşımda görünce sorgusuz sualsiz boynuna sarıldım. Rüya ya bu sorgulamıyorsun haysiyetsizlikleri. Özlediğin yerinden sarılıyorsun seni en çok acıtana.

Masallar gibidir rüyalar zaten. Sebep-sonuç ilişkisi yoktur. Sevdiğin kızı ayağına merdivenlerde bulduğun bir ayakkabı uyarsa tanıyabileceğin bir dünyadır. Anlamsızdır. Rüyamda sarıldım sana ve biliyordum her şeyin kapıyı çalmanla düzeleceğini. Oysaki gerçek hayat öyle mi?

İlk anda boşluğundan yakalansan bile duyduğun özleme, devam eden süreçte hep aynı terk edilişin kurbanı olacağını düşünürsün. Asla eskisi gibi güvenemezsin. Sürekli yargılarsın. Huzurlu olamazsın. Affettiğin hiçbir şeyi aslında affedemediğini anlarsın ve sonra affettiğin için kendine kızarsın. Çevrendeki herkes bilir aslında kırılıp yapıştırılan hiçbir şeyin yenisi gibi olmadığını ve söyleyemezler. Sen de bilirsin içinden olmayacağını ama eskisi gibi olmasını sağlamak için elinden geleni yaparsın yine de. Yatırım yaptığın zamanın meyvelerini affederek toplayacağına inanırsın ama bir türlü huzurlu uyuyamazsın.

Her sevişmede, her yan yana gelişte, her uzaktan haberleşmede bir şüphe olur içinde. Düzgün olan bozulmuşsa, bozuk olan da düzelebilir sanırsın. Düzelmiyor. Çünkü bozulup giden, seni de bozmuş oluyor. Bir zamanlar en çok güvendiğin, en şüphe duyduğun oluyor.

Ama rüya işte. Sarıldım boynuna. Sebep-sonuç ilişkisi kurmadan. Sorgulamadan. Sevinçten içim titrerken gözlerim dolu dolu anlatmaya başladım:

"Sen gittiğinde herkes gitti sandım. Bir kız arkadaşım vardı sadece. Senin yokluğunda hep yanımdaydı. Maddi durumu iyi değildi. Bir gün benden borç istedi. Yirmi gün sonra veririm dedi. İki sene boyunca vermedi. Hiç istemedim. Sen yoksun diye başka bir yokluğa göğüs germek istemedim. Senin yokluğunda çevremdekilere gerektiğinden fazla tolerans gösterdim. Kimileri bu çabamı kullandı. Kimileri ise çabama rağmen yanımda duramadı. Yalnız kalmamak için yanlış insanları sevdim. Yanlış olanlara güvendim. Yüreğimi açtım yanımda duranlara. Zaaflarımı gösterdim. Ve işte tam da gösterdiğim zayıflıklarımdan darbe aldım. İstediği gibi sitem edebildi herkes bana. İstediği gibi kızabildi. Çünkü yalnızdım.

Onları kimseye şikâyet edemedim. Çalıştım. Kazandım. Yanımda duranlarla paylaştım. Gitmesinler diye her şeyi yaptım. Ama vermeye alıştırınca birini, daha fazlasını istiyor. Daha fazlasını vermeyince de, çekip gidiyor. Öyle sessiz sedasız da değil. Söverek, söylenerek. Yalnız bırakmakla tehdit ederek. Çünkü biliyorlardı sensiz çok yalnız hissettiğimi. Kime neyi hissettirdiysem, giderken tam da oradan yaraladı beni. Yalnız öleceksin dedi bana giderken. Sanki başka türlü ölmek mümkünmüş gibi. Sen yokken kaybettim, bana duyduğu minnetleri nefrete dönüşenleri. Seni aradığım tenler de acıttı beni. Kimse senin kadar büyük sevemedi ama hiçbir giden de senin kadar büyük gidemedi... Canım yanıyordu hep ama az, çok az. Senin gidişin tüm gidişlerin bağışıklığıydı çünkü. Yıllarca anlayamadım başka sevgilerle, ilgilerle, tenlerle bir başkasının yokluğunu dolduramayacağımı. Bıraktım savaşmayı. Şimdi ise kendim olmayı öğrendim. Ne gereğinden fazla severim, ne de gereğinden fazla küserim. Yalnız öleceksin diyen eski dostum hatırlattı bana, sonunda hepimizin yalnız olacağını. Ölen bilmiyor nasılsa, nasıl öldüğünü, öldükten sonra. Yaşarken yanında olması garanti olan tek kişi var bu hayatta. Kendin. İnsanları minnetle borçlandırmak ve yanında tutmaya çalışmak anlamsız. Kendime minnet duymayı senin yokluğunda öğrendim. Şimdi ise tekrar geldin. İyi ki geldin. Senin yokluğunda bir başkasını sevebilmeyi ve bir başkasına güvenmeyi bir türlü öğrenememiştim. Şimdi seni kaldığım yerden tekrar seveceğim."

Rüya bu ya.

Özlediğin yerden sorgusuzca sarılıyorsun seni acıtmış olanlara. Hem de uyanınca asla bir daha eskisi gibi sarılamayacaklarına.

> Birlikte karar verilmişçesine
> 'Ayrıldık!' demek,
> birinin gidişinin,
> diğerinin ise
> kalışının yükünü hafifletecektir.
> Biri onursuz,
> diğeri de mutsuz görünmeyecektir.

Evde oturuyordum.

Seninle birlikte sahiplendiğimiz, "evlat" gibi sevdiğini söylediğin köpeğim kucağımdaydı. Evladını bırakıp gider mi hiç insan? "Canım" dediğini bırakan, onu da bırakıyor işte.

Ne büyük haksızlık değil mi? Gidenin gittiği yerde bıraktığını hatırlatacak bir parça olmaması ve kalanın, her anda, her eşyada, her adımda onu yaşaması. Sırf bu yüzden tüm eşyalarımı bana aldığın eldivenlerle birlikte ihtiyacı olana verdim ama gıcırdayan kapımızı sen yağladığın için ve ben de böyle işlerden hiç anlamadığım için hâlâ seni hatırlıyorum her gıcırtıda. Üstelik benimle birlikte terk ettiğin evladın da hep benim yanımda.

Yine de yaşıyorsun işte. Kapı gıcırdasa da.

Kime sorsan aşkın acısı aynı ama inan bana acısı bile hiç âşık olmamış olanın yaşadığı derin boşluktan daha güzel, daha farklı. Derdi sevmeden yaşamak mümkün değil bu dünyada. Onun da en acısız yolu daha büyük dertleri olanlara bakıp da şükretmek aslında.

Kucağımda sadece birlikte sahiplendiğimiz köpeğimiz yoktu. Bir kardeş sahiplenmiştim onun için birkaç ay önce. Onu da zaten biten bir sevdanın kurbanı yapıp terk etmişler. İki kişi birbirini sevmekten vazgeçince günahsızlar zarar görüyor böyle işte.

Aslında iki kişi birlikte vazgeçmez birbirini sevmekten.

Biri vazgeçer, diğeri ise karara saygı duyar.

Gururlu biriyse, kararı onaylamış gibi yapar.

Aşkı gururundan büyükse, bağırır, çırpınır, ağlar.

Bazen de terk etmez, terk etmek isteyen. O sorumluluğu alamaz. Onun yerine karşısındakini yorar. Gitmek istediğini söyleyerek değil, söylemeyerek. Acının en kötü halidir bu. Ne olduğunu bilememek. Ortada söylenen bir söz yoktur ama o sessizlik var ya o sessizlik, en büyük terk edişten daha etkili olur.

Hatta âşıklar yan yanayken biter çoğu ilişkiler. Elini tuttuğunun çok uzakta olduğunu anladığında yok olur aslında sevdaya dair tüm hayaller.

Her ne olursa olsun, sonunda bitmesi gereken ilişki biter ve taraflar "Ayrıldık!" der. Oysaki "ayrılık" birlikte yapılan ve sonuçlarına birlikte katlanılan bir eylem değildir. Biri mutlaka diğerinden daha fazla acı çekecektir. Birlikte karar verilmişçesine "Ayrıldık!" demek, birinin gidişinin, diğerinin ise kalışının yükünü hafifletecektir.

Biri onursuz, diğeri de mutsuz görünmeyecektir.

Ayrıldık fiili kadar yanlış kullanılan bir yüklem yoktur Türkçede. Sevişmek, özlemek, mutlu olmak, birlikte davranmayı gerektirir. Ayrılık ise birinin kaçışı, diğerinin acısıdır ve "biz" öznesine hiç yakışmamaktadır.

Televizyon seyrediyordum köpeklerimin başını okşarken. Yabancı bir bilimkurgu dizisi açmıştım yine. Köpeklerimi severek dizi seyredemediğim, duvarlara bakıp acı çektiğim, zamanın geçtiği ama bana duruyormuş gibi geldiği günleri geride bıraktığım için mucize gibi geliyordu bana evde televizyon seyretmek kadar basit bir eylemi bile huzurla gerçekleştirmek.

Acı yaşamayan, küçük şeylerden mutlu olamaz. Çünkü acı çekerken, o en küçük şeyleri bile yapamaz. Köpeğinin başını okşamak, içten bir kahkaha atmak, televizyonda yarışma programı izlemek, dostlarla sohbet etmek, asansörde birine merhaba demek, binanın güvenlik görevlilerine gülümsemek bir yana, bir bardak suyu bile kana kana içemez.

Ona bir zamanlar sıradan gelen her duygu, imkânsızı olur acı çekenin. Acı geçince her zaman olduğu gibi, kıymetini anlar o en sıradan yüklemlerin. Bu sebeple mutluluk, işte o en sıradan eylemlerdedir. Sıradan olmadıklarını anlamak için sadece güzel bir acı gereklidir.

❝ Minnet, nefrete dönüşüyor zamanla...
İyilik,
karşılığını veremediğinde yük oluyor bazılarına...
Bu yüzden iyilikten kaçıyorlar son hızla.
Herkes gidiyor diyorsanız,
bir ara yaptığınız iyiliği ödeyemeyenlerdir onlar.
Ve size karşı borçlu hissetmek istemedikleri için
kaçmıştır zavallılar... ❞

Kapı çaldı.

Boş bir sepet gibiydim. Ne acı vardı içimde, ne de mutluluk. Seninkine hiç benzemeyecek diye aşktan kaçmaktan yorulmuştum zili duyduğumda. Belki de benzeyeceğinden korktuğumdan kaçıyordum. Sonsuz olmasını istediğim duygunun sonum olmasından. Ne öfke vardı içimde ne de artık gidişine anlam verememenin soru işaretleri. Boş bir sepet gibi kucağımda köpeklerimle oturuyordum ekrana bakarken. Güvende ve anda hissetmek dışında olumlu ya da olumsuz hiçbir duygu yoktu içimde. Olumsuzluktan kaçmak için olumlulara prim vermiyordum zaten. Beni artık hiçbir şey öfkelendiremiyordu, üzemiyordu...

Kapım öyle kolay kolay çalmazdı benim, gelenin kim olduğunu bilmeden. Haber verir genelde gelenler. Sürprizsiz misafirlerdir onlar. Sürprizlere âşık gönlüm için habersizce çalan kapı bile umut oldu o an benim için. Gelenin kim olduğunu bilmemek bile her şeyin planlı gittiği hayatıma çocuksu bir sevinç katmıştı.

Heyecanla kapıya koştum.

Gözetleme deliğinden bakmadan kapı açmam ben. Korku filmlerinin en büyük öğretisidir bu bana. Üzerimde rengi solduğu halde terk edemediğim siyah pijamam vardı. Son yıllarda gelişen terk etme becerim, söz konusu sevdiğim pijamalar olduğunda çok da işe yaramıyordu. Onlar beni senin gibi ansızın terk edene kadar vazgeçemiyordum.

Deliğe gözümü dayadım ve o an dinlenmekten yorulan ruhum tepetaklak oldu. Kapıda "sen" vardın. En beklemediğim anda kapımı çalman büyük haksızlıktı. Ama son dört senedir çalınan hiçbir kapıyı bu kadar açmak istememiştim. "Kim o?" diyemezdim de artık. Gelen yıllardır sorduğum tüm sorularımın cevap anahtarıydı. Yaşadığım en büyük aşktı ve belki de sadece gittiği için hep aşk kalmıştı. Aşk, belki de böyle bir şeydi. Yaşanmamışlıktı.

Ne yüzle kapımdaydın? Yarım bıraktığın mutluluğumu, biri de seni yarım bıraktı diye mi tamamlamaya gelmiştin? Alınacak her şeyi almıştın benden. Yarım kalanımı da umarım benden istemeyecektin.

İsmini unutmazdım artık ama şeklini unutabilirdim. Hatta unutmak üzereydim. Bir gözetleme deliğinin ardından bana kendini gösterip tüm unuttuklarıma niye ihanet ettirdin?

Ne yüzle geldin?

Dört sene önce o kadar yok etmiştin ki beni, nefes alabilmek için bile mücadele verdim. Ezbere bildiğim ya da bildiğimi sandığım her şeyi yeniden öğrendim. Gülmek, dokunmak, mutlu olmak, en önemlisi de yaşamak. Nefes almayı bile yeniden öğrenir mi insan? Öğreniyormuş işte.

Ayakta kalabilmek için direnirken yanlış sevdalara çarptım, yara aldım. Ödeyeceğini söylediğin krediyi kimseye muhtaç kalmadan ödeyebilmek için her zamankinden fazla çalıştım. Tüm becerilerimi ortaya çıkardım. Yanlışlarımı, doğrular götürdü. Çünkü ben hep doğruları yazdım. Teselliyi kalemimde aradım. Yanlışlarımı bile kendi kalemimin arkasındaki silgiyle sildim. Senin ve senden sonraki yanlışlarımın anlayamadıklarını herkes anladı. Beni tüm ülke yanlışlarımla tanıdı. Gazetelerde, televizyonlarda yazdıklarımla yer aldım. Yanlışlarımdı yazdıklarım. Herkes yapıyormuş. Beni anladıklarında anladım. Kazandım. Ödemem gereken tüm borçları ödedim. Ya sen ödeseydin? Böyle güçlü hissedemezdim. Minnet etmeyi oldum olası sevmem ben. Belki de minnet etmek fırsatı bana hiç verilmediğinden. Seni de benden uzaklaştıran belki de duyduğun minnetti. Hep borçlu hissetmek, testosteron salgılayan cinste bir süre sonra, nefrete dönüşüyor. Alırken aşk sandığın o minnet, ödeyemeyeceğini ve hep borçlu hissedeceğini anladığında kin oluyor, nefret oluyor, şerefsizce terk etmek oluyor.

Minnet, nefrete dönüşüyor zamanla...
İyilik, karşılığını veremediğinde yük oluyor bazılarına...
Bu yüzden iyilikten kaçıyorlar son hızla.
Herkes gidiyor diyorsanız, bir ara yaptığınız iyiliği ödeyemeyenlerdir onlar.
Ve size karşı borçlu hissetmek istemedikleri için kaçmışlardır zavallılar...

"Ama unutmamak lazım:
Su veren ele tüküren
sonunda kendisini tekmeleyen ayağı öper...
Kimi buna 'karma'
kimi de 'etme bulma dünyası' der...
Koskoca Yeşilçam yanılmış olamaz.
Filmin sonunda kötüler pişmanlıktan inlerken
iyiler kahkahalarla güler...
Yeter ki sağlık olsun.
Bir an gelir ve devran dönmesi gerektiği gibi döner..."

Uzun lafın kısası, senden sonra o kadar derin bir çukurun içindeydim ki, çıkmak için gereğinden fazla çaba gösterdim. Ömrümü adi bir terk edilişe kurban edemezdim. Önce sevmeyi ve sevilmeyi denedim. Kendimden başka kimse beni benim kadar güzel sevemediğinden ondan da vazgeçtim. Sonra tüm vazgeçişlerimi yazdım. Birçoklarının vazgeçişiymiş aslında yazdıklarım. Ya da vazgeçmek istemesiymiş. Bu yüzden tanıdı herkes beni. Senden sonra ben çok büyüdüm. Ve olması gerektiği gibi büyürken de küçüldüm. Sana ve benzerlerine ihtiyacım yok artık. Ne acı ki hayatın kuralı bu. İhtiyacın olmadığında çıkıyor karşına her şey hayatta. Yemek bittiğinde sofraya gelen tuz, hapşırdıktan sonra uzatılan kâğıt mendil, üzüntün geçtikten sonra kapını çalan dost, elektrikler geldikten sonra bulduğun mum gibi...

"Her yaşanan, büyük ders, büyük öğreti ve o öğretiye şükretmek lazım modası geçtiyse bir şey söyleyebilir miyim? Bazı şeyler hiç yaşanmamalı ki, böyle kırılgan, böyle bezmiş, böyle travmalı,

böyle huzursuz, böyle alıngan, böyle korkak, böyle öfkeli ve böyle umutsuz olmamalı insanlar.

İki dakika mutlu olayım diyoruz, biri gelip kursağımızda bırakıyor. Belli ki bazılarının yaşadıkları teşekkür edip, şükredecek kadar hafif değil. Sonra bütün bu insanlar el ele verip, şükredenleri de zıvanadan çıkarıyorlar. Hep beraber nur topu gibi travmalarımız oluyor. Instagram'da ağız dolusu gülüp gerçekte ağız kokusu çeken zavallı insanlar olduk. Sosyal medyada #şükür modasını yaratıp, gerçek hayatta #tükür modasına baş koyduk. Başıma her gelen kötü olayda, 'Nazardır...' deyip savuşturan saf kafama bandana takıyorum artık bu hayatta.

Travmalı, mutsuz, acıtılmış, yaralı ve iyileşemeyen bir dolu insan var, nazara bağladığımız her sorunun ardında. Allah şifa versin bozulmuş tüm ruhlara ve biz sayelerinde bozulanlara..."

Ne yüzle kapıma geldin?

Gittiğine kızmadığım kadar kızdım gelmene. Ama yine de açmam gerekiyor o kapıyı. Ardından gelecek her acı başımla beraber. Ben kalp kırıklıklarının, içime batsa da, içimi kanatsa da öldürmediğini bildiğimden sevmeyi bile öğrendim. Her iç kanamada ölmeyerek biraz daha güçlendim.

Zaten beni acıtacak ne söyleyebilirsin ki? Geride bırakılmanın en şerefsiz halini yaşamış bir kadını daha ne acıtabilir ki?

Kaç kişiye koşmuştum, sen gittikten sonra! Evime gelenler türlü türlü açıklamalar yapıyorlardı bana. İyice küçülmüştüm. Zekâm gerilemişti sanki acıdan. Ne söyleseler inanıyordum. Bir komşum "Kesin büyü yapmışlar ona!" demişti hatta.

Bana çok mantıklı geldi. Böyle bir sevdanın bitişinin, sebepsizce gidişinin, şerefsizce terk edişinin başka bir açıklaması olabilir miydi?

Ailen beni yaş farkımızdan ve dul olduğumdan dolayı istemiyordu. Defalarca söylemiştin. Defalarca hissetmiştim. Benim sayemde kazandığın parayla onların borçlarını öderken sesleri çıkmıyordu ama sen bana evlenme teklif edince birdenbire paniklemişlerdi. Tüm borçları ödendiği için rahatladıklarından, sana mahalleden bakire kızlar buluyorlardı. Çok önemli bazı aileler için prenslerinin bakire kızla evlenmesi, gelinlerinin ömür boyu onlara hizmet etmesi, evinin kadını, torunlarının annesi olması ve süs bitkisi gibi evde bir köşede sessizce durması. Halbuki aynı aileler evlatlarının kariyerine, neşesine, gelişmesine sebep olan bir kadını istemezler. Bir bardak suyu, istediklerinde bir başkasının elinden içmek, istediğinde o kişiyi eleştirebilmek, hatta zaman zaman azarlamak, neyi nasıl yapacağını anlatmak; zekâdan, azimden, tutkudan, gururdan daha önemlidir onlar için. Örümcek ağıyla kaplanmış beyinleri çocuklarına eş değil, kendilerine gelin bakar.

Ailenin yüzeysel ve geleneksel fikir yapısı yüzünden büyü yapabileceğine inandım. İnanmak istedim. Çünkü bir türlü aradığım cevabı bulamamaktan kendimi yiyip bitirmiştim.

Araştırmalar yapmaya başladık arkadaşlarımla.

Tavsiyelerde bulunuldu bize. Onlarca isim aldık. Hepsini teker teker dolaştık. Nur yüzlü hocaları gezdik arkadaşlarımla. Hepsi sende büyü var diyordu. Kurtulmak için reçeteler yazıyorlardı. Zar zor kazandığım tüm parayı Allah'ın adını ağzından düşürmeyen nur yüzlü amcalara takdim ediyordum. Bir avuç muska taşıyordum yanımda. Sirkeli suyla yıkanıp, evde adaçayı yakıyordum dualarla. İnanmak iyileştiriyordu beni o ara.

Şimdi kapı deliğinden sana bakınca, unutmak istediğim tüm anılar bir bir geliyor aklıma. İnsanların çaresizliklerinden rant sağlayan ahlaksız insanlara da, insanları çaresizliğe iten şerefsiz âşıklara da lanet olsun! Hepinize lanet olsun!

Seni kapının arkasında görene kadar, sana bu kadar kızgın olduğumu bilmiyordum. Belki de ben affederek, şükrederek, güzel anları düşünerek iyileşebiliyordum. Kin ve öfke beni kemirmesin diye, kendime yalan söylüyordum.

Kapıyı açtım.

"Ne yüzle geldin?"

Tek kelime etmedin. Karşımda uzun süre gözlerime bakarak bekledin. Sonra ellerinin titrediğini fark ettim. Sarsılarak ağlamaya başladın. Bana doğru bir adım attın. Sarılmak istedin sanırım. Bir adım geriye gittim.

"İçeri gir!" dedim.

Hâlâ konuşan bendim.

Titreyerek içeri girdin. Gözyaşlarından dolayı önünü göremediğin belliydi. Salona girdiğinde sandalyelere tutunarak ilerledin.

"Koltuğa geç!" dedim. Ağlayana su verilir ama benim gözümde bir bardak suyu bile hak etmediğin için teklif bile etmedim.

Neredeydi en çok sevdiğim?

Karşımda ağlamaktan gözleri görmeyen, bedeni sarsılan, elleri titreyen bu adamı ben ne zaman bu kadar silmiştim? Merhamet duygumu ne zaman yitirmiştim?

"Ağlaman ve titremen bitince konuşabilirsin!" dedim.

Birkaç dakika daha başın önündeyken sarsıldı bedenin. Sonra gözlerime baktın. Bir ışık görmek için uğraştığının farkındaydım. Oysaki benim ışığımı dört sene önce bizzat kendin karartmıştın. Senden sonra koynuna girdiğim adam bana tokat attığında sesimi hiç çıkarmamıştım. Çünkü o tokadı bana o değil, habersiz gidişin yüzünden düştüğüm yanlışlık atmıştı. Aslında yanlışlık değildi o; yalnızlıktı. O yalnızlığı da sen yaratmıştın. Gidişinden sonra bana atılan her tokadın sahibi senin elindi aslında. Bu yüzden hiç kızamadım bana tokat atanlara. Sen gitmeseydin, benim gözüm morarmazdı. Sen gitmeseydin, benim canım böyle acımazdı.

Yüzümdeki ifadeyi kontrol edemiyordum. Pislik koklamış gibi bakıyordum yüzüne. Seni içeri buyur ettiğim için pişman olmuştum. Alacağım cevapların bir önemi var sanıyordum ama yanılmıştım. Ben kafamdaki sorularla, senden sonraki yanlışlarımla yani senin yokluğunun getirdiği yalnızlıkla iki kitap yazmıştım. Milyonlarca insana ulaşmıştım. Sorularımla başkalarına cevap olmuştum. Artık önemi yoktu. En çok sevdiğim adam, en önemsemediğim olmuştu. İçimde hep bir korku vardı eskiden. Sevdiklerimi kaybetme korkusu. Artık zerresini hissetmediğim bir duygu. Hepsini teker teker kaybettikten ve ölmediğimi gördükten sonra hiçbir şeyden korkmadım bir daha.

Ben hiçbir şeyden korkmuyorum artık. Uzun yolda giderken sapağı kaçırmaktan mesela. U dönüşü yaparım olur biter.

Gök gürültüsünden korkmuyorum mesela. Şimşeklerin çakmasından. Ardından yağmur yağar, güneş açar geçer. Gürültülerin arasında sadece kendimi duyarım çünkü. O da bana yeter.

Başarısızlıktan korkmam ben. Azmederim bir ara. Biter. Azmin sonunda gelen zaferle severim hayatı. Bir ara başarısız olmasam zaferin tadı böyle güzel alınır mı?

Yalnızlıktan korkmam artık asla. En güvendiğim insan yani ben yanımdayken ve tek başına yapılacak onca güzel şey varken yalnızlık bana koyar mı? Yanlış kalabalıklarda olmaktansa tüm enerjimi sevdiklerime dağıtırım. Çoğalırım. Bir ağacın altında, çimenlerin üzerinde aşk şiirleri okuyup hayaller kurmanın tadı başka bir şeyde var mı?

Âşık olmaktan da artık korkmam mesela. Zaten ben yalnızlığımda hazırlanırım en büyük aşka. Ömrün bile sonlandığı bir hayatta, sonu olacak diye kapatamam kendimi sevdalara. Diyelim ki aşk bitti, dönerim yine kendimi daha iyisine hazırladığım huzurlu yalnızlığıma.

Kaçırılan sapaklar, aydınlıkla sonuçlanan ürkütücü havalar, zaferle taçlanan başarısızlıklar, kendimi sevmeyi öğrendiğim yalnızlıklar, daha iyisini görmemi sağlayan yanlış sevdalar yormaz beni. Bu hayattan gitmem ben, dibine kadar yaşamadan her şeyi.

Birlikte yaşlanacağım değil, birlikte gençleşeceğim insanlar ararım ben. Sonu değil, yolu yaşarım. Çukurlara düşer, taşlara takılırım ama her adımımın tadını çıkarırım. Ben yolculuktan korkmam. Yolda hiç durmadığımdan sanırım. Düşsem de nasıl olsa kalkarım.

Sen çelme taktın da, kalkmadım mı?

"Bir ara verdim sadece tüm çabalarıma. Bazen dinleneceksin ki dinleyebilesin hayatı. Dinlemezsen kucaklarsın tüm hataları. Maske yapmıyorum, yemek yapmıyorum bu aralar. Ablamda, annemde, Emel'de sofralara yancı oluyorum. Yüzümü de sabahları suyla yıkıyorum. Krem sürecek halim yok ama altyapı sağlam; dört senedir sürdüklerimle hâlâ idare ediyorum. Ah gözünü sevdiğim ve artık kankam ilan ederek kol kola gezdiğim zorlu zamanlar... Onlar sadece bana yenilmek için varlar. Şu yolculuğun güzelliğine bak. Kasisler çıkıyor diye önüme, nasıl çıkmam zirveye? Her şeye izin veririm de, bıçak çekerim değersizlik hissine. Ne tuhaftır ki başarıyla değersizlik el ele dolaşır.

Çünkü başaranı, başaramayanlar ayaklarının altına alır. Çiğneyecekleri her şey sayelerinde çoğalır. İşte ben o ayakların altındayken ben oldum. Eziklemesinler lütfen. Onlar ezikledikçe ne oluyor bilmiyorum ama ben daha da güzelleşiyorum. Onları da çok üzüyorum. Vicdan yapıyorum. Hadi herkes kendi kasisine. Benim derdim zirveyle."

> Hata yapılan olmak çok rahatlatıcı.
> Hata yapanın hiç ama hiç geçmiyor acısı.
> Acıttığı yerden acıyor sonunda.
> Yaşattığı her şeyi, tek tek yaşadığında.

Yanlışlıktan değil, yalnızlıktan...

Anlatmaya başladın. Sesini unutmuşum. Ne tuhaf.
"Çekip gitmem gerekiyordu..." dedin "Eğer konuşsaydık kalırdım. Dayanamazdım. Eşyalarımı toplarken çok ağladım biliyor musun? Seni bir gün bile unutmadım aslında. Bir an bile silinmedin benden. Her şeyin daha iyi olacağına inandırdılar beni. Sanki kötü giden bir şey vardı da hayatımda. Saçmaladım işte. 'Yaşıtın birini sev...' dediler. 'O kadının çocuğu olmaz. Aşk geçicidir. Yuva kurmak için çocuk gerekir. Yazık edersin hayallerine. Aileni utandırırsın. Annenin babanın yüzüne bakamazsın bir daha. Çok gençsin, yakışıklısın, iyi para kazanıyorsun. Hayatını yaşa. İstediğin kızla birlikte ol. Dul bir kadınla evlenmek yakışmaz sana...' dediler. Üzerime geldi herkes. Dört bir yandan kuşatıldım.

Hatta bir arkadaşım vardı. Hatırlarsın. Fabrikaları vardı. İşadamı... Hiç sevmezdin sen onu. İşte o bana iş teklif etti. Ne olduysa da ondan sonra oldu zaten. Bana bir spor salonu açtı. Kapıldım gittim. Salonun başında duruyor olmam bile yeterliydi aylık kazancın tamamına sahip olmam için. Çalışmam dahi gerekmeyecekti artık. Onda çok emeğim vardır, sen de bilirsin. Aylarca çalıştırdım. 30 kilo verdirdim adama. Hayatı değişti benimle çalıştıktan sonra. Her zaman hep yanında olmamı istedi. Ne yalan söyleyeyim, çok cazip bir teklifti. Ne var ki tek bir şart koştu bana. Ailesi onu on sekiz yaşında hafız bir kızla evlendirmişti. Mutluydu. Huzurluydu. Ya da ne bileyim öyle olduğunu söylüyordu bana. Sesi bile çıkmıyormuş kızın. Kocası ne derse yapıyormuş. Kocasının ailesine de düşkünmüş, sözlerinden çıkmıyormuş hiç. Bana 'O kadını bırak...' dedi. 'Sana helal süt emmiş bir kız buluruz, dört beş tane çocuk yaparsın. Bak biz Büyükçekmece'de cami de yaptırdık. Her salı akşamı bizim grubumuzla buluşursun. Geniş bir çevren olur. Ara sıra zikir çekmeye gelirsin. İtibarın olur aramızda. Bırak o kadını. Sana yakışmaz. Çabuk yaşlanacak zaten. Çirkinleşecek. Hem döl de tutmaz o bu saatten sonra...' dedi. Efsunlandım sanki. Aklımı yitirmiş gibi oldum."

Bu kadar şeyi peşi sıra söyledin gözümün içine bakamadan. Yorum katmadan anlatırken bile utanç içindeydin. Sana söylenenlerden değil, tüm bunlara inandığından.

"Çok gençtim. İnandım..." dedin. "Ayrılık konuşması yapamazdım. O yüzden habersizce gittim. Ama gittiğim günden beri de hiç düzelemedim inan. Aradan iki üç ay geçti, dayanamayacağımı anladım. Tam sana yalvarıp ayaklarına kapanmaya gelecektim ki Instagram'da sevgilinle gördüm seni. Hak ettim dedim. Acının en beterini yaşamaya başladım. Seni tamamen kaybetmiştim artık. Geri dönemiyordum ama sensiz mutlu olmayı da beceremiyordum. Aklımı yitirmek üzereydim. Ailemi görmek istemiyordum. Bir süre zikir grubuyla buluştuğumuz camide yatıp kalktım. Derbeder olmuştum adeta. Orayı ev yaptım kendime. Her şey kötüydü ve hiçbir şey iyiye gitmiyordu. Uzaktan izledim sevgilinle seni, sonra ayrıldığınızı öğrendim. Sevinemedim. Seni benden sonra birinin üzmesini hazmedemedim. Tam sana ulaşacaktım ki yazdığın kitapla tüm Türkiye'de tanındın. Seni uzaktan uzağa izledim. Hep gurur duydum. Hatta belki çekip gitmemin iyi olduğunu bile düşündüm. Bensizken uçmayı öğrenmiştin çünkü... Kanatların daha güçlüydü artık."

Sonra başını kaldırıp bana baktın. Son cümlenin kızgınlığıyla sol elimi yumruk yaptım ve sana vurmaya başladım. Çünkü ben solaktım. Elini bile kaldırmadın. Başın önünde küçücük yumruğumun acısına katlandın ve katlandığın acının, benim çektiğim acının yanında hiçbir şey olmadığını biliyordun. Eminim canını daha çok yakabilmemi istedin.

Sakinleştim. Sanki birden iyileştim.

Kapıyı gösterdim. Tek bir söz bile söylemeyecektim. Dört yıl boyunca duymak istediklerimi duyamamak çınladı kulaklarımda. Sıra senin kulaklarındaydı. Öğreneli çok olmuştu. Hayatını kelimelerle kazanan birinin bunu öğrenmesi aslında çok zor oldu ama sağıra konuşmak, hiçbir şeyi çözmüyordu.

"Konuşarak bir cahili eğitebilirsiniz, bir yanlış anlaşılmayı çözebilirsiniz, hatta bir sağıra sesinizi duyurabilirsiniz, ancak duymak istemeyene kendinizi asla dinletemezsiniz.

Gidiyorum demenin aslında kalmak istiyorum demek olduğunu anlayabilecek biri zaten sizi hiç gidiyorum demek zorunda bırakmaz.
Gidiyorum dediğinizde gidin.
'Bak gidiyorum ama...' demeyin.
Sağır sizi duyar, o duymaz..."

Arkanı döndün. Kapıya ilerledin. Ayakkabılarını giyip gittin. Televizyonu açtım. Köpeklerime sarıldım. En çok Chia'nın babasını hatırlamamasına şaşırdım. "Jet Sosyete" vardı televizyonda. Gülse Birsel çok yetenekli kadın.

Kendimi bir dizi filmin senaryosuna kaptırmış bulunca bir an için delirdiğimi sandım ama sonradan hatırladım. Kendine değil, başkasına yanlış yapanlardı hiç huzurlu olamayanlar. Arkana bakamadın bile giderken. Çok üzüldüm senin için. Bir ömür boyu bunun acısını çekeceksin. Asla benim gibi içi rahat bir şekilde köpeklerine sarılarak dizi izleyemeyeceksin. Mış gibi yaparak ömrünü geçireceksin. Hata yapılan çok şanslıdır aslında. O bir şey yapmamıştır. Kimsenin günahını almamıştır. İçi hep rahat olacaktır. Kötü değildir, kaypak değildir, hin değildir... İyidir işte, iyidir. Gün gelir, morali düzelir. Yapılan hatalar ne de olsa ona ait değildir. Oysaki hata yapan öyle midir? Ömür boyu bir günahın pişmanlığını çekecektir. Vicdanını ve merhametini kaybettiği tüm anlar fitil fitil burnundan gelecektir.

Senin yerinde olmak istemezdim. Birinin hayallerini çalmayı sanırım yüklenemezdim.

Hata yapılan olmak çok rahatlatıcı. Hata yapanın hiç ama hiç geçmiyor acısı. Acıttığı yerden acıyor sonunda. Yaşattığı her şeyi tek tek yaşadığında.

Seni kapı deliğinden gördüğümde anladım. Ben senin verdiğin acıyı yaşarken değil, yazarken unutmuşum.

Hatta sevmişim yazarken güzel acını. Paniklemişim bir ara. Savrulmuşum saçma sapan sevdalarda. Yanlış yapmışım yalnızlığımda. Kırılmışım, dökülmüşüm, özgüvensizlikten sürünmüşüm ama hep yazmışım. Her bir duygumu, öfkemi, sitemimi, tesellimi kendimden başkasına anlatmayı bırakmışım. Anlatınca anı olmuyor acılar. Dillendirdikçe büyüyorlar.

Düşüp düşüp kalktıkça, yalnızlığımda kendimle baş başa kalıp, kendimle zaman geçirmekten keyif aldıkça, düşünüp, anlayıp, affedip, oluruna bırakıp, geçmişi biriktirmekten ve gelecek için endişelenmekten vazgeçtikçe, sadece kendime değil, başkalarına da yazdıklarımla ışık olmuşum.

Bir kişinin sevgisi bittiğinde, tüm dünyanın sevgisinin bittiğini sanır zavallı âşıklar. Oysaki birinin gidişi, tüm dünyayı kucaklamak için en büyük fırsattır. Sadece bir insanın sevgisine, onayına, desteğine bağımlı olmak, bu güzel dünya ve muhteşem hayat için büyük haksızlıktır.

Sen yokken köpeğimi sevdim, dostlarımı sevdim, bazılarından kazık yedim ama yediğim kazıkları da sevdim. Onlar sayesinde doğruların kıymetini bildim. Doğayı sevdim. Yemek yapmayı sevdim. Cildime krem sürmeyi, bir fincan kahve eşliğinde komşumla sohbet etmeyi, tek başıma izlediğim bir filmden zevk almayı, aşk sandıklarımla sevişmeyi, aldanmayı, yanlışlarımı, duşta ağlamayı, doya doya kahkaha atmayı, umutlarımı, aynaya bakmayı ve tek başıma hükümet gibi kadın olmayı sevdim.

Baktım ki ölmüyorum, yaşamayı sevdim. Baktım ki yaşadığım her acı bana bir mucize olarak dönüyor, acımı sevdim. Baktım ki her gidenin yeri bir şekilde doluyor, gidenleri sevdim. Baktım ki düş bile kuramadıklarım gerçekleşiyor, hayallerimi sevdim. Baktım ki her gece sabah oluyor, Dünya'nın kendi çevresinde dönmesini bile sevdim. Sayende yazar oldum be adam, bu yüzden seni bile sevdim.

Yıllarca cevaplarına ihtiyacım olduğunu sanmıştım. Gidenin tek sözüne bile ihtiyacı olmaz insanın aslında. Giden gitmiştir ve söylenecek herhangi bir kelime, tüketilecek herhangi bir nefes hiçbir şeyi değiştirmeyecektir. Kabullenmek acıyı hafifletecek, öfkeyi körükleyecektir. Öfke denen duygu ise her duygu gibi zamanaşımına uğrayarak geçecektir. Zamandır merhemi kansız yaraların. Doyasıya yaşamaktır intikamı vicdansız aşkların.

Ayağa kalkmak için çabalarken dozu bazen fazla kaçırırsın. Sıradan yaşamazsın. Hayata, acısız ve sınavsız insanlardan daha farklı sarılırsın. Bu yüzden her yürek sızısı daha güzel yaşamanı sağlayan bir mucizeye dönüşür. Sızlamasan iyileşmek için çabalamazsın. Çabalamazsan başaramazsın. Her acı zamanaşımına uğrar. Geçmek bilmeyen zaman değildir insanı acıtan, kullanılmayandır çoğu zaman. Bir mutluluğu kaybetmektir acı denen şey. Oysaki mutluluk nihai zafer değildir insanoğlu için. Mutluluk sonda değil, yoldadır. Acıyı bile kabullenip, sevip, kullanmaktır. Kimi şiir yazar acılardan, kimi şarkı besteler, kimi resim yapar, kimi börek açar, kimi lavaboyu ovar... Zaman duruyor gibi gelir acıyanlara, oysaki duran onlardır. En sonunda yaşamayı bildiğinden değil, ölemediğinden yaşamak zorunda kalır ve hayatın tadına tam o anda varır.

Acısız, sınavsız, sancısız hayatlara özenmem ben bu yüzden. Aşılanmak gerek büyürken mutsuzluklara. Ufak dozda alınan her acı, her sınav, her nankörlük, her terk ediliş bir sonrakinin acısından çalar. Daha az acırsın her seferinde, bağışıklık sistemin birçok acıyla sınandı diye. Daha çok mutlu olursun, mutluluğu gördüğünde artık tanıyorsun diye.

Hep derin seversin. Korkmadan. Gidenden sonra ölünmüyor diye. Bu sebeple hep roman olur aşklarından. Acıdan korkulan bir hayatta hiç yazar olabilir mi insan?

"Niye gittin ki?" dedim defalarca sana. Gün gelip "İyi ki gittin!" diyeceğimi bilmiyordum. Lütfen beni bağışla.

Ben senin yokluğunla aşılandım bu hayata.

Yanlışlıktan değil, yalnızlıktan...

Sevginizi nerede bıraktığınıza dikkat edin.

Gün gelip hak etmeyene gani gani sunduğunuz o güzel duyguyu, hak edenden almaya çalıştığınızda ne olur biraz bekleyin. İçinizdeki kıskanç ve fettan şeytanı dinlemeyin. Size sudan sebepler bulacaktır. Kararınızı haklı çıkarmak için elinden geleni yapacaktır.

Hak edenden bin bir boş bahaneyle aldığınız o güzelim sevgiyi, gün gelir başka biri de aynı sebeplerden dolayı sizden alır. Başarıyı, mutluluğu, aşkı, tutkuyu yaşarken eksilir hayatınızdaki sevgiler. Her ne yaşıyorsanız gidenler yüzünden yarım kalır. Anlam veremezsiniz azalan sevgilere. Oysaki aynı yanlışı bir ara siz yapmışsınızdır hak edenlere.

Dünya tuhaf bir yer. Ne yaşasan yarım. Ve hep deriz ki: "Bu da benim alın yazım. Hani nerede şimdi ben mutluyken elimi tutup beni düştüğüm çukurdan kurtaranlarım?" Mutsuzken çoğalanlarım var benim ve mutlu olunca azalanlarım. Dünyanın dengesi bu sanırım. Umarım ben de geçmişte birilerini mutluyken onları yarım bırakmadım. İlahi düzen bu. Yaşattığını yaşamadan gitmiyorsun. Bu yüzden eşlik edemediğin tüm mutlulukların intikamını bir gün yarım kalarak ödüyorsun. Mutlulukla çoğalmaya başladığımızda daha güzel olacak bu dünya. Hepimize yetecek kadar müjde var bu hayatta.

Son Söz

Ne tuhaf. Ne büyük ikilem.

Sevildikçe sevilmemek diye bir şey var.

Patron severse, çalışan sevmez; koca severse, görümce sevmez; tüm ülke sevse, birdenbire kimse sevmez.

Birini sevmeyi nerede bıraktığınızı iyi düşünün. Size yaptığı ve tekrarladığı bir hatayı affedemediniz diye mi, yoksa sadece sizi sevmeyen biri ya da birileri onu daha çok seviyor ya da yapmayı istediğiniz bir şeyi çok iyi yapıyor veya sizden daha az çalışarak daha çok para kazanıyor diye mi?